〝藤壺〟

ヒカルが地球にいたころ……⑩

野村美月

JN266910

FB Famitsu Bunko
ファミ通文庫

イラスト／竹岡美穂

"藤壺" ヒカルが地球にいたころ……⑩

野村美月

FB
Famitsu Bunko
ファミ通文庫

――あたしはほら、あんたのヘリオトロープだから。

藤壺

Fujitsubo

When Hikaru was on the earth

ヒカルが地球にいたころ……⑩

目次

ほろほろとこぼれ落ちる薄紫色の藤《ふじ》の花びらを、わたしが好きなあの人は抱きしめていた。

やわらかな光の中、藤棚の下に立ち、哀《かな》しみを帯びた切ない眼差《まなざ》しで、しなやかな両腕を風に舞う藤の花のほうへ差し伸べ、優しく胸に抱く。

小さく薄い藤の花びらは、細い腕から儚《はかな》くこぼれ落ちていって、それでもあの人は抱きしめ続けた。

繰《く》り返《かえ》し、繰り返し。あの人の周りに静かに降り積もってゆく、乙女《おとめ》の唇《くちびる》にも似た、甘くしとやかな薄紫の花びら。

あの人の腕から、逃げ続ける花びら。

あの人が淋《さび》しそうに立ち去ったあと。

誰にも見られないようにそっと忍びより、あの人の綺麗《きれい》な白い指先がふれた藤の花びらを両手ですくいあげ、わたしも口づけた。

まだ空気がシンと冷たい春。ほろほろと降り続ける藤の紫の花びらの下で。

誰にも言えない、わたしたちの秘密の恋。

それは藤の滝壺《たきつぼ》の底に、息もできないままゆっくりと沈んでゆくように、甘美で切なく、苦しく愛《いと》おしい、わたしにとってなにより大切なものだった。

本当に、大切なものだった。

一章　藤は過去から誘う

「ナルキッソスの伝説を知っている？」

ふくよかな甘い声が、是光《これみつ》の背中を追いかけてくる。

「河の神ケピソスと青い水にすむ妖精レイリオペの間に生まれた、たぐいまれな美青年で、娘たちはみんな彼に恋い焦《こ》がれていた。けれどナルキッソスは、誰の恋も受け入れようとしなかったので、復讐《ふくしゅう》の女神ネメシスに呪《のろ》いをかけられて、水面《みなも》に映る美しい自分の姿に恋をしてしまうんだ。そうして、毎日毎日、泉をのぞきこんでは叶《かな》わない恋に苦しみ、嘆《なげ》き、憔悴《しょうすい》し、ついには気高くほっそりした——水仙の花になってしまうんだよ」

是光が猫背気味《ぎみ》に体を丸め、しかめっ面で先へどんどん歩いていっても、うっとりとした声は、どこまでも耳に流れ込んでくる。

「女の逆恨《さかうら》みや嫉妬《しっと》って本当に嫌だよねぇぇぇ。美しい青年に相手にされないとわかったとたん、恨み全開で呪っちゃったりとかぁぁ、ああぁぁ、やだやだ、背筋が寒くなるよぉぉ。そんな顔も性格も不細工《ぶさいく》な女に愛想《あいそ》振るくらいなら、美しい自分の顔を眺めて過ごすほうが千倍楽しいよねぇぇぇっ。そうでしょう、赤城《あかぎ》くん」

（つっ、こいつ、どうにかしてくれ）

頬《ほお》をぴきぴき引きつらせながら、是光は心の中で唸《うな》った。

帆夏《ほのか》の見舞いに病院へゆきたいのに、一朱《かずあき》が離れてくれない。

腹違いの弟ヒカルへの執着愛《しゅうちゃくあい》から、是光と親しい夕雨《ゆう》まで巻き込み、とんでもない騒ぎを起こした一朱に、『俺がヒカルの代わりに友達になってやる、おまえとことんつきあってやる』と宣言したのは、確かに是光のほうだった。

一朱は、なに言ってんのっ、と不満そうにべそべそ泣いていたが、翌日早々に是光の家にやってきて、

——お嫁にもらって。

と、無表情なカメレオンが入ったケージを、無邪気《むじゃき》な笑顔で押しつけたのだった。

ぼくの一番大事な三の宮を、友達の赤城くんに可愛《かわい》がってほしくてと。

嫌がらせではなく、一朱が本気で友情の証《あかし》にカメレオンを嫁入りさせたがっていることが、期待にみちみちた瞳や赤く染まった頬から伝わってきて、是光も無下《むげ》にはできず、

腹をくくって受け取った。それで気が済んで帰ってくれるかと思えば、

『赤城くん、カメレオンを飼うのはじめてでしょう。ぼくがいろいろ教えてあげるよぉ』

と、ちゃっかり是光の部屋へ上がり込み、

『わー、思った通り、狭《せま》くて味気なくて庶民的な部屋だねぇぇぇ』

と、物珍《ものめずら》しげにきょろきょろ見渡し、是光が、

『俺、これから行くトコあるから』

と、帰ってほしそうにしても、

『そう？　じゃあぼくも一緒に行くよ。友達だから』

けろっとした顔で是光のあとについてくる。是光が無愛想な態度をとってもまったく気にせず、それどころかどこかの花好き幽霊そっくりの甘い声で、ぺらぺらと花の蘊蓄《うんちく》まで語りはじめた。

兄にお株を奪《うば》われたヒカルは、いつもは開いている口を閉じ、是光の隣《となり》で苦笑している。きっと複雑な気持ちでいるだろう。是光も同じだ。

（友達になるって言ったの、早まったか。ここまでウザイやつになるとは。俺に取り憑《と》いた頃のヒカルを思い出すぜ。つか、やっぱりおまえら兄弟だ。そっくりだぜ）

ついヒカルを横目で睨《にら》んでしまう。ヒカルはまだ苦笑している。

（兄貴を連れて式部《しきぶ》んとこ行くのは、面倒《めんどう》そうだから避《さ》けたいんだが……）

女装して非合法のドラッグを売りさばいていた一朱を、夕雨だと思い込まされた帆夏は、誘い込まれたビルの地下に閉じこめられ、薬をかがされ、そのまま火で焼かれそうになった。

助けに駆けつけた是光は、帆夏に向かって人生最大のこっ恥《ぱ》ずかしい告白をしたのだ。

（っつ……式部が勝手に勘違いして突っ走って、死ぬ前にきっちり振れとか、じゃなきゃ成仏《じょうぶつ》できないとか、バカなこと言うから）

思い出すだけで顔が熱くなる。よりによって、あの状況で——しかも、帆夏を抱えてビルの外へ引《ひ》き摺《ず》り出したあとも、また恥ずかしいことを言わされて——。

——なんとも思ってなくねーっ。

——式部帆夏が、好きだ！

（〰〰〰〰〰っ）

叫びたい衝動《しょうどう》を、必死にこらえる。

あんな恥ずかしい台詞《せりふ》を口にしたあとで、どんな顔をして帆夏に会えばよいのか。この上、一朱にまでついてこられては困る。とても対処しきれない。

「ねぇ、赤城くん。この先に、式部帆夏が検査入院している病院があるけどぉ」

（げっ）

耳元で爽《さわ》やかな甘い声がし、ぎくりとした。

（こいつ、アホっぽそうでいて、意外と鋭《するど》い）

さすがヒカルの兄貴だと、また複雑な気持ちになる是光の前に、目をつり上げた一朱が、ひらりと飛び出してくる。

「ま、さ、か、赤城くん！　あのボヤ騒ぎで、式部帆夏とできちゃったんじゃないよねえ？　それは気の迷いだよっ、吊り橋効果だよっ！　あんな気の強そうなツリ目女、ちょっと喧嘩《けんか》するたび足技繰《く》り出《だ》してくるよっ！　凶暴なカンガルーだよ！　獰猛《どうもう》なガゼルだよっ！　友達として絶対反対っ！　反対ったら反対！」

「おまえ、もう帰れ！」

顔を近づけてわめく一朱を押しやり、是光は叫んだ。

だいたい、自分は帆夏を批判できる立場なのか。

（てめーのほうが、陰湿《いんしつ》でタチが悪いじゃねーか）

が——。

ここ数日の間に起こった事件のすべてが、一朱の企《たくら》みによるものではなかった。

今朝、携帯《けいたい》に送られてきたメールを思い出し、是光は急に胸が冷たくなった。

――帝門藤乃《みかどふじの》のおなかの子は、ヒカルの君の子。

是光の隣で小さな画面を見おろしていたヒカルは、声も出ないほど青ざめ、顔をこわばらせていた。

一朱は『ぼくは送ってないよ』と主張した。『薔薇《ばら》派だの藤派だの、もともと興味なかったし。ヒカルの子にはすっごく興味あるけど、わざわざみんなに知らせるようなことはしないよ』と――。

そもそも『ヒカルの君を巡る女たち』というタイトルで、以前からヒカルに関わる女性たちを中傷するチェーンメールをばらまいていたのも、自分ではないと。

夕雨の部屋に墨《すみ》で汚した傘《かさ》をぶら下げてもいないし、朝衣《あさい》たちに虞美人《ぐびじん》の名前で対立を煽《あお》るメールを送ってもいない。帆夏をビルの地下に閉じこめたときも、ただ香を焚《た》いただけで、火はつけていないと。

一朱は、嘘《うそ》をついているようには見えなかった。

一朱の他に、もう一人、〝虞美人〟がいる。

おそらく、藤乃のおなかの子供がヒカルの子だとメールを送って寄越したのも、そいつの仕業《しわざ》で――。

（一体、誰なんだ。なんの目的で、こんな汚ねー真似《まね》をするんだ）

ヒカルと義理の母藤乃の関係は、ヒカルにとって最大の秘密だった。

幽霊になってからでさえ、是光にもなかなか語ろうとしなかったほどだ。二人の間にあったことを知るのは、本人たちの他には、ヒカルの従姉《いとこ》の朝衣くらいで……。もしかしたら藤乃の使いだと名乗った、あの王野《おうの》ミコトという涼しい目をした少女は、知っているのかもしれないが……。

藤乃は現在妊娠中で、来月にはヒカルの弟か妹が生まれてくる。

ヒカルは、自分が子供の父親である可能性はないと、是光に断言した。その時期、ヒカルは藤乃にはっきり拒絶され、子供ができるような関係は一切持っていないと。

藤乃は普段からヒカルに対して距離を置いていたので、たとえこんなメールがばらまかれても、根も葉もない嫌がらせとしか思われないだろうとも。

けど、メールの文字を見おろす表情は暗く重く、目は苦しげだった。

（平静でいられるわけねーよな）

あんなメールが、あちこちに送られていると想像しただけで、たまらない気持ちだったろう。

なんとかして、犯人を見つけてやりたい。

それで、あんな嫌がらせ、二度と起こらないようにしてやりたい。

眉間《みけん》に皺《しわ》を寄せ、奥歯を食いしばり、考えていたら——。

「そんな怖い顔で悩まないで、赤城くん、式部さんと別れ話をするなら、ぼくが恋人のふりしてあげるよぉ。そしたら、式部さんも、おとなしく引き下がるはずさ」

「あのなー」

シリアスに考えに沈んでいたのが、ぶち壊《こわ》しだ。

(そら、この変態兄貴とつきあってるっつったら、式部だけでなく、どんな女もドン引きだろうが)

帆夏の前で嬉々《きき》として『赤城くんの彼女はぼくだからぁ、きみ、出る幕ないからぁぁ、とっとと消えて。あははは、ご愁傷様《しゅうしょうさま》ぁぁっ』と、ねっとりした笑みを浮かべている一朱の姿が思い浮かび、頭が痛くなった。

病院はもう目の前だ。が、まずは一朱の襟首《えりくび》をつかんで帝門の屋敷《やしき》へ返却しに行くべきか真剣に思案したとき。


「あ」

ヒカルが小さくつぶやいた。

病院の正門のところに、ゆるやかなウェーブがかかった長い髪《かみ》をたらした、ほっそりした、儚《はかな》げな雰囲気《ふんいき》の少女が立っている。

(夕雨……!)

是光もドキッとした。

(なんで夕雨が、式部が入院している病院に――)

夕雨は是光が来るのを待っていたようだった。ひっそりとした淋《さび》しげな表情で、近づいてくる。白いスカートが華奢《きゃしゃ》な足首の上で弱々しく揺れ、やわらかな髪も、ひんやりした冬の風に、そっとそよいでいる。

古いアパートの一室に引きこもっていた頃と同じ儚げな空気をただよわせる夕雨を、息をのんで見つめていると。

「やだっ、怖いっ！　また夕雨ちゃんに暴力を振るわれちゃう」

と、一朱が是光の背中に隠れた。

夕雨にヒカルのことで暴言を吐いて、平手打ちをくらったことがトラウマになっているのか、それともわざとか、どっちにしても、

(俺がてめぇを殴《なぐ》りたいぜ、兄貴)

と、ぶるっと肩を震わせる。

「是光、しっかり」

ヒカルが小さな声で励《はげ》ます。

どうにか気持ちを落ち着け、一朱が両手で是光のシャツの背中の部分をつかんでいることは、なるべく考えないようにしながら、

「どうしたんだ、こんなとこで」

と夕雨に尋ねた。

夕雨は一朱のほうを、ちょっぴり驚《おどろ》いているように見たあと、また儚げな瞳で是光を見上げて、小さな声で言った。

「式部さんの……お見舞《みま》いに来たの」

「そ、そっか」

また、ドキッとする。

夕雨は、帆夏の見舞いへ来るほど親しかっただろうか。ろくに言葉を交わしたこともなかったはずでは……。

「式部さんは、もう……退院しちゃったわ」

「そうなのか？　午前中は病院にいるって聞いてたんだが」

夕雨はひっそりと是光を見上げている。その眼差《まなざ》しに、息がまた少し苦しくなる。

「家族のかたが、迎えに来るはずだったの。けど……先に、帰るって」

「なんでだ」

「……」

夕雨が唇《くちびる》をつぐむ。

なんとなく、追及してはいけない雰囲気だった。

是光を見つめる夕雨の表情は静かで、昨日、『デートの約束は有効？』と、是光に向かって問いかけたときと同じ顔をしている。

あのとき是光は『……ああ』と答え、『夕雨に、そのとき聞いてほしいことがある』と言ったのだ。

夕雨は淡く微笑《ほほえ》んで、

『わかった、わ』

と、つぶやいていた。

夕雨に帆夏のことを、話さなければならない。

（って、この状況でか？）

隣では、ヒカルが息をのむ眼差しで夕雨と是光を見守っている。背中には、その兄貴が張り付いていて、横から顔を出し、半分怖そうに、半分恨めしそうに夕雨を見ている。

どう考えても、無理だ。

けど夕雨は、是光の言葉を待つように、じっと視線を向け続けている。

（つか、夕雨は式部に会ったんだよな……。病室で、なにを話したんだ）

気になるが、訊《き》けない。

もどかしさに脈拍《みゃくはく》が速まったとき——。

ポケットで携帯が鳴った。

「うおっ」

思わず肩を跳ね上げる。

悪《わり》ぃ、と言って、ポケットからごそごそと抜き出し、着信を確認すると、非通知でメールが届いていた。

(またか)

一瞬にして表情が険《けわ》しくなる。

タイトルは『約束の……』で、中身を表示したとたん、

「!」

背筋を貫くような衝撃《しょうげき》に、目を見開いた。

『ヒカル、あなたの花の中で一番無垢《むく》な紫草を捧《ささ》げて、あなたを復活させる。

わたしとあなたがはじまった場所へ。

あなたが裏切《うらぎ》った場所へ。

約束をはたしに来て』

隣で一緒に携帯をのぞきこんでいたヒカルが、鋭く息をのむ。

文末に記載《きさい》された名前は『藤乃』――ヒカルの義理の母で、最愛の女の名前だ！

それだけではない。添付《てんぷ》された画像に、目を閉じ地面にぐったりと横たわる、髪を二つに結んだ小学生の少女が写っている。

「しーこ……っ！」

心臓《しんぞう》がつかみ上げられ、頭の中が白くなる。

紫織子《しおりこ》は靴《くつ》を履《は》いておらず、膝丈《ひざたけ》のふわっとしたスカートから伸びるすべすべしたミルク色の足は、つま先までむき出しで、綺麗《きれい》な桜色の爪まで、はっきり確認できた。

「是光、しーこが！」

「っっ、どうなってやがる」

是光の口から、呻き声が漏《も》れる。

異常な事態を察した一朱と夕雨も、困惑《こんわく》の表情を浮かべている。

是光はすぐに、紫織子の携帯に電話をした。

電源が入っていないか電波の届かないところにいるので、かかりませんというアナウンスが流れる。

「くっ」

続いて自宅に電話をかける。叔母の小晴《こはる》が出て、

「しーこは、どうしてる！」

嚙《か》みつくように叫んだら、

「いきなりなんだい。しーこは朝メシのあとから、ずっと出かけてて、まだ帰ってねーよ」

と返された。

「それと、おまえ宛に、なんか包みが届いてるぞ。藤乃って人から」

「！」

小晴の声が聞こえたのだろう。

ヒカルが是光とほとんど同時に、肩を揺らす。

「すぐ帰る」

是光は携帯を閉じ、駆け出した。

「赤城くん、待ってよー！　僕と夕雨ちゃんを二人きりにしないでー！」

後ろで叫ぶ声がしたが、振り返る余裕などなかった。

◇　◇　◇

汗だくで息を切らして帰宅した是光に、小晴は眉《まゆ》を上げ、顔をしかめた。

「しーこは？」

「帰ってない」

「荷物は」

「そこだよ」

と、ちゃぶ台のほうを顎《あご》でしゃくる。

「玄関《げんかん》の前に、置きっぱなしになってたんだ。差出人は、下の名前だけで住所も書いてねーし、一体なにがあったんだい、是光。しーこが昼メシの時間になっても戻ってこねーことと関係があるのかい」

是光は小晴に返事をするのももどかしく、乱暴に包みを破っていった。表には女性らしい丁寧《ていねい》な筆跡で、是光の家の住所と『赤城是光様』と宛名が書いてある。裏には小晴が言うように『藤乃』と、名前だけが記されている。

やがて中から女の子の靴がひとそろい出てきた。ピンクの紐《ひも》がついた小さなスニーカー。紫織子がはいていた靴だ！

小晴も声を荒らげる。

「これは、しーこのだね。是光、きちっと説明しな！」

「っっ、しーこが、連れてかれた」

「なんだって！　どういうことだ！」

是光もわからない。何故《なぜ》、紫織子が。

あなたの花の中で一番無垢な紫草を捧げて、あなたを復活させる。

(ふざけるなっ!)

こんなことをしたやつに、目の裏が赤くなるほどの怒りを覚えながら、是光は生徒手帳に挟みっぱなしになっていた、王野ミコトの名刺を出し、そこに書かれた電話番号を携帯に打ち込んだ。

ヒカルの義理の母――帝門藤乃に会うために。

◇　◇　◇

ミコトは、すぐに電話に出た。

荒れ狂う感情を必死に抑え、藤乃を名乗る人物が、是光の家に同居している小学生の女の子を連れ去り、その画像と一緒に、要求のメールを送ってきたことを話すと、ミコトは電話の向こうで、しばらく沈黙していた。

やがて冷静な声で、

「警察《けいさつ》にはまだ知らせないで。しーこちゃんの行方《ゆくえ》は、責任を持って捜させるわ」

と言い、一度電話を切ったあと、すぐにまたかけ直してきて、

「藤乃さんは、信州の別荘に滞在しているの。事情は説明したわ。犯人の要求も……。

これからわたしと一緒に、藤乃さんのところへ行ってくれる？」

「……ぼくとあの人は……母の生家があった信州の村で……出会ったんだ」

ヒカルが掠《かす》れた声でつぶやく。


わたしとあなたがはじまった場所へ――。


メールの文面が頭に浮かび、胃を絞《しぼ》り上《あ》げられながら、

「わかった、どこで待ち合わせる」

と答えていた。

小晴に、必ず紫織子を連れて帰るので警察への連絡は待ってほしい、囲碁《いご》の集まりに行って留守《るす》にしている祖父にも話さないでほしいと頭を下げると、厳《きび》しい顔で、

「明日までに、しーこが戻らなかったら、警察に電話するからな」

と言われた。

祖父に知られたら、殴られるだろう。けど、紫織子にジジバカぶりを発揮《はっき》している祖

父が、おとなしく待っていられるはずがない。あとで顎を砕かれ、骨の一、二本、折られても仕方のない覚悟で、是光はミコトが迎えに寄越した黒の高級車に乗り込んだ。

そこから携帯で、朝衣に電話をする。

紫織子のことと、これから藤乃に会いに行くことを伝えると、朝衣は小さく息をのんだ。

「警察には、まだ知らせてねー。しーこの行方は、帝門のほうで捜してもらってる」

「わたしは、なにをすればいい」

「虞美人の正体について、調べ直してみてもらえねーか」

一朱の他にもう一人虞美人を名乗る人物がいることを話すと、朝衣の息づかいが険しくなる。

「それと、念のため久世《くぜ》が絡《から》んでないかということも」

紫織子の実の父である久世宗一郎《そういちろう》は、紫織子を自分の力が及ぶ場所に隠しておくことを望んでいた。過去の犯罪があかるみに出て、社会的に制裁《せいさい》を受け、隠し子に気を配る余裕はなかったはずだが、ありえないことではない。

朝衣は厳しい声で、

「わかったわ、頭条《とうじょう》くんにも手伝ってもらいましょう。なにかわかったら、すぐに知らせるわ」

と答えた。

「……頼む」

胸が張り裂ける思いで是光は言い、深く頭を下げる。

「わたしを誰だと思っているの。信用して」

小さな声で言って、朝衣は通話を切った。

そんなやりとりを、ヒカルが青ざめた顔で見つめている。

そうして、是光の向かいのシートに座っている王野ミコトも——。

切りそろえた黒髪の下にある、すーっとした涼しげな瞳で、是光を見ていた。

ゆったりした後部座席と、運転席との間にはしきりがあり、こちらの会話は運転席には聞こえないようになっている。

ほとんど振動を感じさせない、すべるような走行で運ばれながら、是光は奥歯を噛みしめ、膝の上に置いたこぶしを硬く握り、こわばった顔でうつむいていた。

その間にも、是光の携帯に、ひっきりなしにメールが送られてくる。

『あなたを想いながら、青紫のアガパンサスを植えた。

冴《さ》えやかな月光を浴びて、ほっそりと茎を伸ばす姿は、あなたに似ていて、房を形作る小さな花のひとつひとつに、わたしは口づける。

アガパンサスの別名は、紫《むらさき》君子蘭《くんしらん》。

花言葉は、愛《いと》しい人というの。

誰より愛おしいあなたを、わたしのこの手で育てて、誰にも姿を見られないように、綺麗な箱の中に、鍵《かぎ》をかけて閉じこめておけたらよかったのに。

そうしたらね、ヒカル――。

あなたのあんな裏切りを見ることは、なかったのに』

『何故、あなたに無闇《むやみ》に冷たくあたるのだろうと、周りの人たちはみんな不思議《ふしぎ》がっていた。

喉《のど》が嗄《か》れるほど、大声で叫びたかった。

違う、違う、違うっ、本当は違うのだと。

わたしは、あなたの清らかな眼差しを避けたくなどなかった。

甘く薫《かお》るあなたの言葉に、最上級の微笑みで応《こた》えたかった』

『許されない恋であることも、忌《い》むべき大罪であることも、周りの誰にも祝福されないことも、はじまったときからわかっていたはずだ。自らの身を抉《えぐ》り、貫き、焼き焦がすような――痛みと絶望しか伴わない苦しい恋だと。辛《つら》い恋だと。

決して他人に気づかれぬよう、月の光も射し込まない闇《やみ》の中でだけ愛し続けると、指を噛んで誓《ちか》いあったのではなかったか。

一生のヒメゴトだと』

『憎もうとした。

軽蔑《けいべつ》しようとした。

でも、できなかった。

あなたが、わたしの〝最愛〟であることは、あなたがわたしにはじめてあの美しい言葉をくれた、あの瞬間にもう、決まっていた。

そう、わたしの最愛は永遠にあなた』

『気まぐれなあなたは、わたしを覚えていてくれたのだろうか。二人の心がふれあい、幸せに満ちたあの艶《なま》めかしくも清廉《せいれん》な時間の記憶を。わたしの手とあなたの手が重なり、足が絡み合い、切ない痛みをともなってひとつに溶けてゆくあの甘い絶望を』


『ヒカル。

わたしは、あなたを許せなかった。

あなたが、わたしを愛しながら、わたしに誓いながら、わたしを傷つけながら、わたしに背を向けたことが、許せなかった。

綺麗に微笑んで——残酷《ざんこく》に微笑んで——繋《つな》いだ指をほどいたことが、許せなかった。

だからわたしは、あなたを殺してしまうしかなかったのよ』

『あいしているわ。

あなたを、愛しているわ。

わたしの幸福よりも未来よりも、あいしているわ。

たとえ罪でも、愛している。狂おしいほどに愛しているわ』

『あなたの〝最愛〟は、わたしのはずでしょう。

だって、わたしは誰よりあなたの近しい者で、あなたによって傷を受け、あなたによって苦しみ、あなたによって運命を変えた。

だから、あなたの〝最愛〟は——わたしなのよ』

『あなたの最後を、わたしだけが知っている。

わたしがあなたの命を終わらせた。

惑乱《わくらん》にして混沌《こんとん》。

あらゆる花に愛された――帝門ヒカル。

あなたの罪は、死では贖《あがな》えないわ』

『ねぇ、ヒカル。

あの嵐の夜、わたしはあなたの命を終わらせたけれど、
そのことを、後悔していたのよ。

だから、あなたを汚した下賤《げせん》な女たちを葬《ほうむ》り、みずみずしい生《い》け贄《にえ》を携《たずさ》えて、わたしたちの心がすれ違ってしまったあの始まりと終わりの地へゆくわ。

あなたを、もう一度、この世界によみがえらせるために』

画面に整然と並ぶ文字の間から濃密《のうみつ》な花の香りがただよってきそうな愛の言葉の数々も、胸が冷たくなるような恨み言も、そして、自分があの日、嵐の川辺でヒカルを殺したのだとほのめかすような告白も――差出人はすべて『藤乃』だった。

画面をスクロールさせるごとに、浮き上がる文字。

それが、是光の耳に直接ささやきかけ、目に、唇に、鼻の隙間《すきま》に入り込み、心の奥底まで撫《な》で回《まわ》し、侵食してゆく。

甘美さよりも、不気味《ぶきみ》さのほうを強く感じ、幾度も背筋が震えた。

こんなメールを送ってくる人間は、あきらかに普通ではない。

(しーこは無事でいるのか)


『あなたが裏切った場所へ。

約束をはたしに来て』

紫織子の画像と一緒に送られてきたメールを、苦い唾《つば》を飲みながら読み返していると、横でヒカルが苦しそうにうめいた。

「あの人との約束をはたすことなんて、不可能だ。だって……」

掠れてゆく声。

是光も携帯を、ぐっと握りしめる。

何度返信しても着信拒否になってしまう。一方的にメールが送られてくる。苛立《いらだ》ちに喉が裂《さ》けそうだ。

「くそっ」

低い声で唸ると、

「もうすぐつくわ」

冷静な声が言った。

視線を上げると、王野ミコトの落ち着いた、涼やかな顔があった。

人形的な無表情ではなく、荒れている心を落ち着かせる無色透明な表情だった。あえてそういう顔をしているのなら、是光のように感情の起伏が激しい人間には考えられない自制力だ。

ミコトが藤乃の家に代々仕《つか》えてきた執事《しつじ》の娘であると聞かされたのは、車に乗って、すぐだった。

都内の女子校に通っており、是光より二つ年上の高校三年生だということも知った。

主人である藤乃とは年齢は離れているが、子供の頃から深い親交があり、ヒカルのことも藤乃から聞いていると。

ヒカルは以前に、〝ミコトちゃん〟は、あの人のお気に入りだと言っていた。

「……っ、しーこを連れてったのは、本当にヒカルの義理母じゃねーんだな」

険しい目になる是光に、ミコトは耳にすーっと入り込んでくる清涼感のある声で、冷静に答えた。

「藤乃さんなら、こんなあからさまなメールを送ったりしないわ。わたしと話す以外、決して自分の気持ちを口にしなかったから。ヒカルさんにさえ」

ヒカルの肩が震える。恐れるような、焦がれるような瞳で、おずおずとミコトのほうを見る。

「藤乃さんとヒカルさんの関係は、世間では認められないもの。あの二人は、永遠に結ばれてはいけなかった。そのことは二人ともわかっていたはずよ」

「義理の母だからか」

ヒカルの眼差しが翳《かげ》ってゆくのに不安を覚えながら尋ねると、ミコトは低い声で、

「それだけじゃないわ。ヒカルさんのお母様の桐世《きりよ》さんは、藤乃さんの腹違いの姉で、ヒカルさんとは血の繋がった叔母と甥《おい》だったからよ」

叔母と甥!

喉が小さく鳴った。

ヒカルの顔が、苦しげにゆがんでゆく。

(叔母だって……けどそうだ……葬式《そうしき》ではじめてヒカルの義理母を見たとき、ヒカルの姉ちゃんかと思ったんだ)

それくらい、藤乃とヒカルは似ていた。

紫織子の家の庭で、紫君子蘭に口づける藤乃を見たときも、五ノ宮邸《ごのみやてい》の字合わせで藤乃に会ったときも。

まるで、ヒカルが性別を変えて、そこにいるようだと——。

あんなに似ている二人が、他人のはずはなかったのだ。

（けど、叔母と甥って、結婚できねーんじゃ）

胸の奥が、刃物を押し当てられたように冷たくなる。

だから、ずっと言えなかったのか？　藤乃の姿を見ただけで、あれほど取り乱し、ここにはいられない、あの人の見えない場所へ行ってと、懇願《こんがん》していたのか。

自分たちが犯した罪の重さを、認識していたから。

父の妻になった人を愛してしまったというだけではない。血の繋がった叔母と体を結び、死んでもなおお求め続けずにいられないという罪悪感が、ヒカルにあれほど暗い眼差しをさせていたのだろうか。

ヒカルと藤乃は、二重にタブーを犯していたのだ！

ヒカルが唇を噛み、深淵《しんえん》の底のような暗い瞳で空《くう》を見すえる。

是光も頬を引きつらせたまま、黙っていた。

ミコトが静かに続ける。

「ヒカルさんが五歳の春休みに、信州のお母様のご実家に滞在しているときに、二人は出会ったわ……。ヒカルさんのお母様は、藤乃さんのお父様がよその女性に産ませた子供で認知もされなかった。けど……藤乃さんは桐世さんを姉として慕《した》っていたから、桐世さんの忘《わす》れ形見《がたみ》の男の子に会ってみたかったの。ヒカルさんは、とても綺麗で純粋で可愛くて、神様から幸せを約束された天使のようだったと、笑顔で話していたわ。

そのあとは、ヒカルさんが夏休みや春休みにお母様のご実家へ来られるたびに、藤乃さんも会いにいっていた。二人で川遊びをしたり、森へピクニックへ出かけたり、毎年春になると二人で藤の花を眺めて過ごして——藤が散ったあとは、藤に似た花を探し歩いて……その頃の二人は、とても仲の良い叔母と甥だったのでしょうね」

藤乃の実家も、ヒカルの母の生家に近い場所にあったので、藤乃はヒカルの滞在中は、ほとんど毎日ヒカルのもとへ通いつめていたらしい。

母親を亡くし、東京の父の家で、愛人の子が自分も愛人になって産んだ子と陰口をたたかれながら暮らしている甥が、不憫《ふびん》だったのかもしれない。

また、天使のように愛らしい甥が無邪気に慕ってくれるのが、純粋に嬉《うれ》しかったのかもしれない。

「……ぼくにとっては……最初から……叔母じゃなかった」

ヒカルが苦しそうにつぶやいた。

その声はミコトには聞こえない。ミコトが淡々と話を続ける。

帝門の総帥《そうすい》であるヒカルの父親が、ヒカルの亡くなった母親にそっくりの藤乃を見初《みそ》めたこと。

藤乃が大学を卒業したら結婚してほしいと、プロポーズをしたこと。

「ヒカルさんのお父様に申し込まれたとき、藤乃さんは……」

ヒカルが哀《かな》しげにうつむく。

ふっと、ミコトが黙った。

「……」

ここまで、感情を交えず第三者の立場から冷静に語っていたミコトが、はじめて考え込むような表情を見せたことは、ヒカルが断ち切れそうな弱々しい顔でうつむいているように、ヒカルの父のプロポーズを受けるにあたって、藤乃のほうにもなにかしらの葛《かっ》藤《とう》があったことを是光に予測させた。

けれどミコトは、すぐにまた冷静に、

「ヒカルさんのお父様は、今も昔も誠実なかたよ。藤乃さんはご両親の要望もあって、帝門の総帥の伴侶《はんりょ》になることの苦労を覚悟の上で、決意したの」

けど、そのことで、ヒカルと藤乃の仲は決定的に壊れた。

最愛の女性が、義理の母として同じ家の中にいる生活は、どんなものだったのだろう。

藤乃は義理の息子になったヒカルを徹底的《てっていてき》に避け続けたと、ヒカルは言っていた。

必要以上の言葉以外、一切話さず、目を合わせることもしなかったと——。そんな藤乃と一緒にいるのが辛くて、ヒカルは家を出て、それでも最愛の人として藤乃を思い続けた。

藤乃は——どうだったのだろう。

ミコトが話している間も、是光の携帯に送られ続けるメールは、『藤乃』のヒカルへの狂乱と呼べるほどの恋情を、赤裸々《せきらら》に語っている。

苦しいほどに愛している。

たとえ罪でも、気持ちが止められない。

一緒に、藤の滝壺《たきつぼ》に沈んでゆきたかった。

けど、実際の藤乃は――。

「ついたようです」

ミコトにそう言われて、是光ははじめて車が止まっていることに気づいた。

年配の運転手が、ドアを開ける。

外はまだ日射しがあり、明るい。

が、空気は皮膚《ひふ》に刺さりそうに冷たく、透きとおっていた。

空は白っぽく、灰色に近い白い幹が立ち並ぶ林を背景に、洋風の屋敷が建っている。

風が吹き、木々がざわざわと揺れた。その音を聞きながら、是光はしめった草の上に足をおろした。

是光たちがいるのは、屋敷の中庭らしかった。

いつの間に、門を通り抜けたのだろう。

（ここで……ヒカルは、死ぬ前の最後の時間を過ごしたのか……）

ヒカルも憂《うれ》いのにじむ淋しげな眼差しで、おとぎ話に出てくるような屋敷を見つめている。

すると、正面の扉が左右に開いた。

「！」

ヒカルが、びくっと体を揺らす。

是光も息を飲んだ。

白いサンダルに包まれた小さな足が、そっと石畳を踏む。

ブルーグレイの薄いスカートの布地と、肩にかけた薄紫のショールが風にあおられて広がり、白いブラウスが体にぴったりはりつき、驚くほどほっそりした上半身を浮き上がらせる。

冷たい日射しを吸い込んだ薄茶色の髪は、金色にきらめきながら、ショールの上にあでやかに広がり、細く白い首筋が品良く伸び、その上の小さな顔には哀しげな表情が浮かんでいた。瞳は憂いに満ち、頬は青ざめ、花びらのような唇にも哀しみがただよっている。

（ヒカル——いや）

わかっていても、混乱する。

是光の隣に、同じくらい哀しみにあふれた顔で立ちつくしている友人。

その友人に、そっくりな顔立ちと表情の、美しい女性。

まるで藤の花びらがしとやかに降りしきる中、空から透明に輝く羽衣《はごろも》をひるがえして、天女が舞い降りたような――。

そんな幻想さえ抱かせるほどに――この世のものとは思えないほどに、美しい女性。

ヒカルの義理の母、帝門藤乃が、是光をじっと見上げ、悲哀のにじむ美しい声で言った。

「待っていたわ……。赤城くん、あなたを」

二章　六条は生け贄を捧げる

出産は十二月と聞いていたが、居間のソファーに哀《かな》しげな瞳で腰かけている若い女性は、とても妊婦には見えなかった。

上半身がほっそりしていて、おなかがスカートとショールで隠れているせいもあるが、悲嘆を集めたような暗い表情は、輝かしい命を胎内《たいない》ではぐくんでいる女性には不釣り合いだ。

この世で一番美しい花。

そんな形容がぴったりとあてはまる、淑《しと》やかさと雅《みやび》さを兼ね備えた美貌《びぼう》は、ひたすら悲哀に満ちていて、またその哀しみこそが、彼女をより美しく、幻想的に見せているようだった。

是光《これみつ》を出迎えたとき、

「待っていたわ」

と、なにか切羽《せっぱ》詰まった期待のようなものをこめて是光を見つめていた瞳は、今は、自分の細く白い指を苦しげに見おろしている。

精気に欠け、ときどきヒカルがふとしたおりに見せるのと同じ、底のない深淵《しんえん》のような暗い目をする。

是光は、藤乃《ふじの》の向かいのソファーに座っていた。

ミコトが是光と藤乃の間に横向きに座り、ヒカルはミコトの正面に、是光に横顔を見せて立っている。

藤乃と同じ、青ざめた苦しそうな顔をしていて、同じように悲哀の滲《にじ》む暗い目をしている。まるで二人の心は繋《つな》がっていて、相手の痛みや苦しさを自分もそっくり感じているようだった。

「……わたしのところへも、今朝からわたしの名前で、メールが送られてきます」

藤乃が美しいけれど哀しげな声で、打ち明ける。

藤乃の携帯《けいたい》を見せてもらうと、是光に送られているのとほぼ同じ内容の文面が表示された。

ひとつ違うのは、是光の携帯への文面が、『ヒカル』と呼びかける内容なのに対して、藤乃のほうへは『わたし』は、あの場所でやり直しをしなければならない、『わたし』は、あそこへ今夜もう一度行かなければならないと、自分自身に対して行動をうながすものだった。

「ここに書かれた内容に、わたしは少しも心当たりがありませんし……『あの場所』や『やり直し』が、なにをさすのかも、わからないのに……」

目を伏せたまま、ひっそりと藤乃がつぶやく。

青ざめているせいか、白く美しい顔が、ますます儚《はかな》げに透きとおって見える。

本当に心当たりがないのか、それとも血の繋がった甥《おい》とのスキャンダルを恐れて、本心を隠しているのか、藤乃の声も表情もあまりにも哀しみに満ちていて、静かで、是光には判断しかねた。

ヒカルも苦しそうに藤乃を見つめているばかりで、ここへ来てからひと言も口をきいていない。今にも消えてしまいそうな風情で、なんの主張もせず、ただ立ちつくしている。

窓の外は沈んでゆく夕日に、赤く黒く染まりはじめている。

と――。

ヒカルの目が、いきなり驚《おどろ》きに見開かれた。

染まった窓ガラスのほうを、じっと見つめている。

いや。

窓ではない。

ヒカルが見ているのは、窓際に並ぶ宝石箱や、陶器の人形――その間に無造作《むぞうさ》に置かれた銀色のナイフだった。
果物ナイフほどのサイズで、柄《つか》にも鞘《さや》にも、細かな装飾《そうしょく》がほどこされている。
あそこに置いてあるということは、実用ではなく、飾って楽しむものなのだろうが、
宝石箱や人形と比べると、いささか方向性が違うというか、物騒《ぶっそう》だ。それでも、ヒカル
がここまでの反応を見せなければ、気にもとめなかっただろう。
（あのナイフが、どうかしたのか？）
ヒカルは、まだナイフを見ている。
焦《あせ》りと驚きの表情で息を殺すようにして、じっと。
それがやがて、より深い苦悩の表情に変わってゆく。ナイフから苦しそうに目をそら
したあと、ヒカルはもうそちらを見なかった。ただうつむき、唇《くちびる》を噛《か》んだ。
是光は胸がざわりとした。もどかしさと苛立《いらだ》ちが混ざり合ったような気持ちが、喉《のど》に
込み上げる。
ヒカルも藤乃も、なにかを隠している。
言えない事情があるのは、察せられる。
けど、紫織子《しおりこ》の身は、今この瞬間も危険にさらされているのだ。
是光は藤乃に向かって、硬く険《けわ》しい声で尋ねた。
「藤乃さん。ヒカルは川に落ちた夜、あんたに手紙で呼び出されて、これから出かける

って俺にメールを寄越したんだが」

◇　◇　◇

「何故《なぜ》、葵《あおい》がいるのかしら？」

朝衣《あさい》は最大級の非難をこめた視線を、頭条俊吾《とうじょうしゅんご》へ向けた。

平安学園の生徒会室から見える校庭は、日没の中に沈みはじめている。明かりをつけた室内には、この部屋の主《あるじ》であり学園の最高権力者である生徒会長の朝衣と、朝衣よりひとつ年長で帝門《みかど》グループに深い関わりを持つ頭条と、頭条のはとこで朝衣の幼なじみの葵がいた。

それだけではない。

「月夜子《つやこ》さん、近江《おうみ》さん。何故、あなたたちもいるのかしら」

朝衣のこめかみが、いっそう引きつる。

「きみがバラしたの？　頭条くん？」

年上の頭条を、朝衣は「きみ」と呼び、「くん」付けで呼ぶ。

「連絡をもらったとき、たまたま葵がうちにいたんだ」

朝衣と同じくらい渋い顔の頭条の横から、葵が真剣な表情で身を乗り出してくる。

「こるりちゃんの出産の準備のお手伝いをしていたんです。しーこちゃんのこと、わたしにも手伝わせてください」

おおかた葵に、自分もつれていかなければ俊吾兄様とは一生口をききませんと脅迫《きょうはく》されて、あっさり折れたのだろう。あちらの家に葵がいたことは朝衣の誤算だったが、頭条も情けない。もっとも葵が見た目の可憐《かれん》さとは裏腹に、一度決めたらどう説得しても引き下がらない頑固者《がんこもの》だということは、幼なじみの朝衣が一番よく知っていることでもあるが……。

（仕方ないわね）

溜息《ためいき》が出そうな朝衣に、

「自分も協力します、朝の宮」

「わたしをのけ者にしようなんてひどいわ、朝衣さん」

と、こちらはどういうルートで聞きつけたのか、ひいなと月夜子も朗《ほが》らかに言う。

「自分の情報網をナメないでください」

「わたしは、近江さんから連絡をもらったのよ」

（まったく……）

今度こそ溜息をついたとき——その溜息が途中で喉の奥に引っ込むような、とんでもない相手が、ドアを開けて、ひょっこり現れた。

「ぼくも混ぜてもらえるかなぁぁ、朝衣ちゃん」

生徒会室に集まっていた面々の視線が、いっせいにドアのほうへ向かう。

頭条は険しい表情になり、葵は顔をこわばらせ、月夜子は怯《おび》えて身をすくめる。ひいなは目を見張ったあと、少年ぽい笑みを浮かべた。

朝衣はひややかな目で、帝門一朱《かずあき》を見た。

昨日、涙で落ちたファンデーションと口紅で顔をぐしゃぐしゃにして、床にしゃがみ込んでわめき散らし、醜態《しゅうたい》のかぎりをつくした彼は、どういう神経をしているのか、そんなことは忘れ果てたような、おっとりした顔で語った。

「若木《わかぎ》紫織子が誘拐された件について調べてるんでしょ？　僕、赤城《あかぎ》くんに恩を売っておきたいんだよねぇ。あ、ううん、恩を売るって言い方はおかしいかなぁ。友達として誠意を示しておきたい、かなぁ？　あっ、けど赤城くんには、僕も情報を提供したこと、ちゃんと話してねっ。自分から言ったら奥ゆかしくないでしょう。それに、ぼくは、きみたちとは近いものがあるように思うんだぁ。だって俊吾くんも、女の子は処女じゃないとイヤって人でしょ」

「うっ」

頭条が顔を引きつらせ、

「朝衣ちゃんは一生処女貫きそうな感じだし」

「つっ」

朝衣も声をつまらせる。

一朱が嬉《うれ》しそうに、

「ほら、気が合うよ、ぼくら」

「一緒にするな！」「しないで！」

朝衣と頭条の反論が重なった。

「葵ちゃんも、ぼくのこと嫌わないでほしいなぁぁ。葵ちゃんがぼくを何度も冷たく拒否したことは、さっぱり水に流すからさぁ」

「……おかしいです。わたしが一方的に、一朱さんにひどいことをしたようになってます」

葵が、ぼそぼそとつぶやく。

一朱は今度は顔をしかめ、

「ゴメン、月夜子ちゃんだけはどうしても無理。だって月夜子ちゃん、非処女な上にブスだしデカイし、特に胸とか下品でみっともないしぃ、一緒にいると超恥ずかしいし、あ、そっか、視界に入れなければいいんだよねぇぇぇ。よかった、これからはそうするねぇ。月夜子ちゃんのほう見ないようにするよ。だから月夜子ちゃんも、ぼくの視界に入ってきたり、ぼくに話しかけたりしないでよねぇ。ぼくと会っても無視してね。ぼくもそうするから」

「……わたし、喜ぶべきなのかしら」

長年一朱に精神的に束縛《そくばく》され苦しめられてきた月夜子が、大多数の人々が極上の美女と絶賛する華やかな顔に、複雑な表情を浮かべる。

「自分は、一朱さんに協力してもらってもよいと思いますよー」

「ありがとう。きみみたいに胸が大きくておしゃべりで下品な子は嫌いだけど、感謝するよぉ」

マイペースな一朱に、朝衣は軽く殺意を覚えた。頭条も、ひきつった頬《ほお》をひくひく震わせている。

ひいなだけは、一朱の言葉を気にする様子もなく、へろへろしている。

「で、さっそくだけどぉ、ぼくの愛人志願で、夕雨《ゆう》ちゃんの部屋にカッターだのまち針だの仕込んで嫌がらせしてた病院の受付の——えっと、沢地《さわち》さんだか沢村《さわむら》さんだかに、ぼくの代理人を名乗ってた相手の特徴《とくちょう》を聞いてきたんだけどぉ。えっと、年齢は十五、六歳で、身長は百五十センチいくかいかないかくらいで……」

是光の役に立ちたいという気持ちは本心らしく、一朱が熱心に情報を語りはじめる。

朝衣も色々納得《なっとく》のいかないことはあるが、それはいったん胸の内に押し込め、ヒカルにそっくりのふくよかな甘い声に、耳をすました。そうして、これまで集めた情報と照らし合わせ、分析《ぶんせき》してゆく。

一連のメールに書かれた内容を、入手できる立場にいたのは誰か。

朝衣や葵の机に、調理室から持ち出した包丁《ほうちょう》や、華道部から拝借《はいしゃく》した剣山を忍ばせることができたのは誰か。

学園内に設置したカメラに、その時間帯に映っていたのは誰か。

犯人は、おそらく学園の内部の人間。

それも、一般の生徒ではない。

ある程度の家柄の――帝門に近い人間。

生徒を管理し、情報を入手できる立場にある人間。

それでいて、その存在を、周囲にあまり認識されていない人間。

それぞれが持ち寄った情報を元に、可能性を上げたり潰《つぶ》したりして、残ったのは一人きりだった。

「まさか……」

月夜子が、ひどく動揺《どうよう》している声でつぶやく。

「あの子が……？」

「わたしも、信じられません……」

葵の顔にも、驚きが浮かんでいる。

「自分も驚きですけど、病院の受付さんの証言とも一致しますね。百五十センチ前後、小柄、やや丸顔、肩のあたりで巻いた髪《かみ》」

ひいなが落ち着いた聡明な眼差《まなざ》しで言い、朝衣は心の中ですでに確定の判断をしていた。

それは、是光のクラスの――。

◇　◇　◇

「もう五時なんだ……」

暗くなった窓の外を見たあと携帯で時間を確認し、帆夏《ほのか》はつぶやいた。

(赤城……どうしてるだろう。もう奏井《かない》さんと会ったかな……)

自分の部屋の机の前で、回転椅子《かいてんいす》に足を乗せて体をまるめて膝《ひざ》を抱え、その上に額《ひたい》を押しつける。いつも感情が高ぶると椅子と一緒にくるくる回ってしまうのだが、今日は回ることもできない。

(赤城に、電話したい……赤城と直接話したい……)

けど病院で夕雨と、ある賭《かけ》をしたから、できない。

そろそろ、その結果を知らせる電話が夕雨からあってもいい頃なのに……。いまだに携帯が沈黙していることが、帆夏にとって良い状況なのか悪い状況なのか判断がつかず、膝をぎゅっと抱え直したとき。

机に置いた携帯電話が、にぎやかなメロディを奏《かな》でた。

「は、はいっ」

着信相手も確かめずに通話に切り替え、上擦《うわず》った声で応じる。

が、聞こえてきたのは、夕雨の声ではなかった。

もっと年配の、女性の声で……。

「みちるの……お母さん……？」

◇　　◇　　◇

「ヒカルは川に落ちた夜、あんたに手紙で呼び出されて、これから出かけるって俺にメールを寄越したんだが」

是光は、藤乃の反応を観察しながら睨《にら》みすえた。

ヒカルが慌《あわ》てて身を乗り出し、

「是光っ」

と哀願《あいがん》するように、呼びかける。

それはふれないでほしいというように、切羽詰まった眼差しで。

けど、藤乃は伏せたまつげをわずかに震《ふる》わせて、憂《うれ》いをたたえた瞳でそっと是光を見上げると、小さな声で答えた。

「わたしは、ヒカルくんに手紙は出していません」

青ざめた顔に浮かぶ表情も、それまでと同様に苦しげで哀しげではあったが、是光の言葉に動揺する様子はなかった。悲哀と苦悩以外のすべての感情は彼女の中からとうに消《き》え失《う》せてしまったかのように、ひっそりと身をすくめている。

そしてミコトも。

「……」

日本人形のような涼しげな顔に、驚きや焦りをちらりと浮かべることもなく、また是光と藤乃の会話に口を挟むこともなく、ただ静かに是光たちのやりとりを聞いている。

ヒカルだけが落ちつきなく瞳を揺らし、唇を震わせ、なにか言いたげに、けどなにを言っていいのかわからず苦悩しているように、是光のほうを見ている。

(まるで藤乃のほうが、死んでるみたいだな……)

ヒカルに比べて反応に乏《とぼ》しい――いや、反応そのものがほとんどない藤乃は、哀しみと名付けられた美しい屍《しかばね》のようで、是光の胸に、いっそうもどかしさが込み上げたとき。

ポケットで携帯が震えた。

朝衣からだった。

すぐに通話ボタンを押し、耳にあてる。

「俺だ」

「赤城くん、中傷メールを送っていた犯人がわかったわ。きみの妹も、彼女と一緒にいるはずよ」

開口一番、朝衣が厳しい声で言う。

「誰だ！」

嚙みつかんばかりに叫ぶ是光の耳に飛び込んできた名前は、思ってもみなかったものだった。

「花里《はなさと》みちるよ」

「花里、だって？」

茫然《ぼうぜん》としている声が、是光の唇の間からこぼれる。

「ええ、きみのクラスの級長よ」

朝衣の声は、いつも以上に硬い。きっと是光に冷静に伝えようと、意識してそうしているのだろう。

おかげで是光も、すぐに我に返ることができた。

「是光っ、花里さんがどうしたの？　まさか花里さんが――」

隣《となり》でヒカルが、こわばった顔で尋ねてくる。

シンと冷え切った頭の中に、花里みちるの、小柄で素朴《そぼく》な容貌《ようぼう》が浮かんだ。

ひとつに結んだ短い三つ編みの、みちる。

眼鏡《めがね》をはずして、髪をほどいて毛先をふんわり巻いたみちる。


――お、おおおおはよう、赤城くん。


どちらのみちるも、目を丸くし、声を上擦らせている。

それから、日本一の級長になるんだと言って健気《けなげ》に笑ってみせた顔が思い浮かび、頭の中がますます冷えてゆく。

ヒカルが橘《たちばな》の花のようだと評した、目立たないけれど、ふわりと香る誠実なクラスメイト。

いつも『ほのちゃん、ほのちゃん』と、帆夏の隣で、落ちつきなく、手足をわたわたさせていた。

みちるの家が、帝門とも関係のある旧家であること。

初等部の頃から毎年級長を務めてきて、生徒の情報に通じていて、またより深い情報を自由に入手できる立場にあったこと。

そんな事実が、朝衣の冷然とした声で、是光の耳に次々入ってくる。

ヒカルも途中から口をつぐみ、是光と一緒に携帯のスピーカーからこぼれる言葉に、深刻な表情で耳を傾《かたむ》けている。

ミコトは清涼感のある瞳で、静かに是光のほうを見ていた。

藤乃も是光を気遣《きづか》うような眼差しをしている。

朝衣が報告を終え沈黙が落ちたとき、是光の脳裏《のうり》に響いていたのは、自分自身の愕然《がくぜん》とした声だった。

（花里が……虞美人《ぐびじん》？）

◇　◇　◇

ちょうど携帯を手にしていたとき、ハードでドラマチックなメロディが流れ、帆夏はびくっとした。この着メロは、是光の専用だ。

「赤城？」

声がぎこちなかったのは、その前に受けた電話のせいだった。帆夏の仲良しのみちるが昨日から——。

「式部《しきぶ》、体はもう大丈夫か」

是光はひどく焦っているようだった。帆夏の容態《ようだい》を心配して電話をしてきたという様子ではなく、別のことを訊《き》きたがっているような。それでいて、どこか歯切れが悪い感じで。

何度か言葉を濁《にご》した後、ぎこちなく、

「その……花里のことなんだが……最近なにか変わったことはなかったか」

普段なら唐突な質問に思えただろう。けれど帆夏も、早口で答えていた。

「みちる、昨日から家に帰ってないって！　さっき、みちるのお母さんから電話があって」

是光は電話の向こうで、唸《うな》ったようだった。

「行き先に、心当たりは」

「わからない。みちるの携帯に電話してみたけど全然繋がらなくて。みちる、なんかあったの？」

是光はなにか知っているのだ。それもあまりよい内容ではないことが、厳しい声色や、奥歯にものが挟まったような口調から伝わってくる。息をひそめ、緊張《きんちょう》しながら尋ねると、また低い声で唸ったあと、言いたくなさそうに答えた。

「しーこが……花里と一緒かもしれねーんだ」

「しーこちゃんと？　なんで？」

「……あとで話す。おまえは体を休めとけ。いいか、昨日みたいな無茶をするんじゃねーぞ。おとなしくしてろ」

「ってなに！」

切れてしまう。

「どういうこと……」

是光に電話をかけ直そうとしたとき、また別の着信が入った。

「式部さん……？　あの、赤城くんのことで……」

儚げな小さな声が、聞こえた。

帆夏は勢いよく尋ねていた。

「奏井さん？　赤城から今、電話があって――すごく様子がヘンだったんだけど、奏井さん、なにか知ってる？」

◇　◇　◇

（……お尻が、冷たい）

半分意識を失っている状態で、紫織子がまず感じたのが、それだった。

硬くて、ひんやりした場所に、座らされていると。

（やだなー。ここ、嫌い）

床に手をふれて、材質を確かめようとして、腕が動かないことに気づく。

（えっ、なんで）

手が自由にならない。立ち上がろうとしたら、足もいくら力を入れても、くっついたまま横に開かない。

（嘘《うそ》、縛られてる……？）

ここで完全に目が覚めた。

紫織子が足を折り曲げて座らされていたのは、黒い金属の箱の内側だった。それが冷蔵庫ほどの大きさの金庫だと、目に映る情景からわかり、ぞっとする。

幸《さいわ》い、扉はまだ閉められていない。

けど、紫織子の腕は後ろに回され、手首はガムテープかなにかで、しっかり固定されている。さらに足首にもガムテープが巻かれ、体の上にロープまで巻き付けてあった。

どうりで身動きがとれないはずだ。

最悪なのはそれだけではなかった。開いた金庫のドアの正面に、黒のひだスカートと黒のニーソックスに包まれた足が見える。

是光の学校の、高等部の女子の制服だ。

「あ、起きちゃったぁ?」

のんびりした声が言った。

びくっとする紫織子を、声の主が腰をかがめてのぞき込む。

素朴な丸い目。

ふっくらした頰。

肩のあたりで揺れる巻き髪。

薄い唇には、おっとりした笑みが浮かんでいる。

けど、全然おっとりしているようにも、のんびりしているようにも見えない。こちらを見おろす目の中に、小さな子供が虫をいたぶって殺すときに浮かべる無邪気《むじゃき》さと、暗い愉悦《ゆえつ》のようなものが浮かんでいるのを感じて、紫織子は頭のてっぺんからつま先まで震えた。


(花里みちる!)


そうだ。公園で、みちるに妙な薬をかがされて、気を失ってしまったんだ。

みちるが虞美人という名前で、おかしなメールを何通も送ってきて、紫織子が是光に不信感を持つように仕向けていることに気づいたから。

一体なにが目的なのかと問いつめたら、いきなり——。

あのとき紫織子が地面に倒れ込む直前に見た、みちるの禍々《まがまが》しい笑みが頭の中いっぱいに広がり、腰をかがめて紫織子をのぞきこんでいる目の前のみちるに重なり、また背筋が震えた。

唇の端を、にぃーっと持ち上げた、妖怪のような笑み！

プールではじめて会ったときのみちるは、鈍《どん》くさい印象の、真面目《まじめ》な級長だった。けど、今、ここにいるみちるは、あのときのみちると別人だ。

まるでみちるの中に、うんと年上の、無邪気で冷酷《れいこく》な女の人が入り込んでいて、みちるの顔で笑い、みちるの声で話しているようだ。

「あたしをどこへ連れてきたの？　これからなにするつもりなの？」

喉を締めつけられているような息苦しさと、胸を押しつぶされているような圧迫感に、何度も気が遠くなりかけながら、紫織子は強気に相手を睨んだ。

ここがどこなのかわからないし、こんなに手足をぐるぐる縛られていたのでは、隙をついて逃げることもできない。だから、助けが来るまで時間を稼《かせ》ぐしかない。

大丈夫、きっと是光お兄ちゃんが来てくれる。大丈夫。大丈夫だから。

絶対、怖がったりなんかしてやらない。

みちるは上弦《じょうげん》の月のように妖《あや》しく目を細めたまま、小さな子供に教え聞かせる声で、ゆっくりと、優しく言った。

「わたしが小さい頃ね……あかりちゃんっていう親戚《しんせき》の女の子がいたの……。あかりちゃんのおうちは、お父さんが愛人を作って出ていっちゃって、お母さんと二人で暮らしてたんだよ。わたしより二つ年下で、妹みたいで、すごく可愛《かわい》い子だった」

なんの話をしているのだろう。

おっとりした声に皮膚《ひふ》を撫で回されているような心地がして、鳥肌《とりはだ》が立った。

みちるはますます優しい——妖しい笑みを浮かべて、

「けど、おうちの金庫で遊んでいたら、扉がしまって出られなくなっちゃって、窒息死《ちっそくし》しちゃったの」

紫織子は息をのんだ。まさか。

「あかりちゃんのお母さんはお葬式《そうしき》で、大声で泣いていたけれど、すぐに他の男の人と結婚しちゃったんだよ。その男の人はあかりちゃんのことが嫌いだったんだって。だからみんな、あかりちゃんのお母さんは、あかりちゃんを犠牲《ぎせい》にして幸せになったんだって悪口を言ってた。でも、それはねー、本当だったんだよ。わたしがお葬式の一週間後にあかりちゃんのお母さんを見たとき、あかりちゃんのお母さんは、楽しそうに笑ってたんだよ。あかりちゃんが死んだこと、もう全然悲しんでなかった。きっと犠牲を捧《ささ》げて、好きな人と結ばれて、幸せになれたんだねぇ。しーこちゃんはあかりちゃんよりもっと可愛いから、きっと神様も喜んで、わたしの願いを叶《かな》えてくれるねぇぇ」

みちるがなにをするつもりなのかはっきりとわかって、戦慄《せんりつ》した。

「やめて、花里さん」

強気に言ったつもりが、声が掠れる。


「花里さん？　それ誰？」


みちるが紫織子の口に、無情にガムテープをはりつけ、薄く笑う。

その笑みの邪悪さに、足をばたつかせて抵抗を試《こころ》みていた紫織子の体は一瞬、こわばった。


「わたしは六条《ろくじょう》だよぉぉ。そうして、藤乃になるの。ヒカルの最愛に」


そうだ。公園で意識を手放す前も、みちるはそう名乗っていた。

自分は、六条だと――。

目を張《は》り裂《さ》けそうなほど大きく見開く紫織子の前で、重たいドアが冷たい音を立てて閉ざされた。

三章　彼女の内側に宿るもの

窓の外は真っ暗で、どしゃぶりの雨になっていた。大量の雨粒が窓を突き破らんばかりに激しく叩《たた》き、風が鋭《するど》い唸《うな》りを上げて吹き荒れている。

ヒカルが死んだ夜も、嵐だった。

水かさを増した川に、あっという間に飲み込まれ、流されていったのだと聞いている。まるでそのときと同じ舞台《ぶたい》を、天が用意しているようだった。

(花里《はなさと》としーこは、まだ見つからねーのか)

朝衣《あさい》に連絡をもらってからずっと、ただ待つだけの苦しい時間が続いていた。何故《なぜ》みちるがという気持ちと、紫織子《しおりこ》は無事だろうかという思いが交互に込み上げ、ずっと心臓《しんぞう》を鋭い爪のついた手で握りしめられている気分だ。

激しい風に、窓がガタン！　と鳴るたび、びくっとし腰が浮きかける。

ミコトは紫織子の捜索をしている人間と連絡をとりあっているのか、席をはずしていた。部屋の中には是光《これみつ》と藤乃《ふじの》、それに幽霊のヒカルの三人しかいない。

藤乃はソファーに座ったまま、哀《かな》しそうにうつむいている。薄暗い照明と、暖炉《だんろ》で焚《た》かれている火の明かりが、藤乃の透きとおるような白い肌に吸い込まれ、青ざめきった頬《ほお》を、ほのかに輝かせている。

華奢《きゃしゃ》な肩にかけたショールの上に、薄茶色のやわらかな髪《かみ》がふりかかり、流れ落ちてゆく様子は、こんなときなのにもかかわらず、息をのむほど美しかった。白い首筋がひっそりとうなだれ、長いまつげが哀しげにうるんだ瞳に暗い影を落としている。

ヒカルもまた、うつむいていた。

是光のかたわらで、美しい目を伏せ、唇《くちびる》を引き結び、苦しみでいっぱいの顔で、じっと立ちつくしている。

(今、なにを考えてるんだろうな、こいつ……)

紫織子の身を案じているのだろうか。それとも、最愛の女の薄幸《はっこう》そうな様子に、胸が張《は》り裂《さ》ける思いを味わっているのだろうか。

目の前に嘆《なげ》き悲しんでいる女がいれば、いつものヒカルなら、たとえふれられないとわかっていても、抱きしめ、寄《よ》り添《そ》い、甘い言葉を降《ふ》り注《そそ》いで、全力で慰《なぐさ》めようとするだろう。

それが、藤乃のことは、見ることもできずにいる。

それでいて、二人の表情は、やはり鏡に映したように似通っていた。

血の繋《つな》がった甥《おい》と叔母で、もともとの顔立ちも似ているのだろうが、それだけではない。ヒカルと藤乃の二人がこんなにもそっくりに見えるのは、二人の表情や雰囲気《ふんいき》が重なるせいだ。

眉根《まゆね》の寄せ方、唇の結び方、目の伏せ方。

ゆっくりと首をもたげる仕草《しぐさ》まで、同じだ。

ヒカルが生きていたときから、こうだったのだろうか。

生前、ヒカルは幾度も藤乃を求め、藤乃はそのたび拒んだと、ヒカルは苦しそうに話していた……。

——子供の頃から、ずっとずっと好きだった。その人の姿を見ているだけで、胸が甘くあたたかくなって、その人が微笑《ほほえ》むだけで、天国にいるみたいな気持ちになれた。

——この世に、ぼくとその人だけが存在していたらいいと思ったこともある。本当に、なにもかもが好きだった。

——ううん、好きって言葉だけじゃ語れないほど、恋しくて愛《いと》しくて、仕方がなかった。

——けど……彼女は、別の人と結婚しちゃったんだ。

——彼女が父の後妻になったのは、ぼくが小学六年生のときで。彼女と一緒にいるのが辛《つら》くて、ぼくは中等部の時に、家を出たんだ。

長い間、胸に秘めていたことを是光に語ったあの日も、ヒカルは苦しそうに目を伏せていた。

あのときはまだ、藤乃がヒカルの血の繋がった叔母だとは知らなかった。

それでも、父の妻になってしまったその人を忘れられずに苦しんでいたことは伝わってきて、是光の胸もしめつけられたのだ。

——離れたら、もっと好きになって。一度だけ……過《あやま》ちをおかしてしまった。

あの告白の重みが、あのときよりも強く是光の心に迫ってきて、息がひどく苦しくなった。

藤乃との関係は一度きりだったと、ヒカルは繰《く》り返《かえ》し訴《うった》えた。

どんな状況でかは、語らなかった。

けれど、たった一度きりで、それ以降は二人の間に過ちはなかったと。


——一度きりだ……っ。本当に、それきりだ。それきり、あの人はぼくを避《さ》けるようになってしまって、みんなの前でも、最低限の挨拶《あいさつ》くらいしかしてくれなかったし、ぼくに望みを抱かせるような、どんな優しい言葉もかけてくれなかった。あのときのことを、忘れたがっているみたいに——ううん、なかったことにしようとしているみたいに。


藤乃はどういうつもりで、たった一度の過ちを、実の甥との間に犯してしまったのだろう。ヒカルの情熱に抗《あらが》いきれなかったのだろうか。それとも、藤乃自身も、望んだのだろうか。

目を伏せ、ひっそりとうつむく姿は修道女のようで、ヒカルが語っていたようなそんな生々しさも熱情も、想像できない。

藤乃の気持ちはヒカル以上に不可解で、真意が見えない。ヒカルが亡くなった夜のことにしても、本当に藤乃はヒカルを手紙で呼び出してはいなかったのだろうか。

是光の言葉に、藤乃は動揺《どうよう》を見せなかった。

けど。

ヒカルが、あの夜について語ったことを、今一度思い返してみる。そうするとヒカルの話も、どこか曖昧《あいまい》だった。

——川に落ちたあの日——あの人に手紙で呼び出されたんだ。ずっと目もあわせてくれなかったのに、突然会いたいだなんて……あの人がなにを考えているのかわからなくて、ぼくは不安で……けど、あの人が会いたいと望んでいるのに、行かないわけにいかなくて……。

激しい雨と風に視界を奪《うば》われ、体がよろけ、足をすべらせて、増水した川へ落ちたのだと、ヒカルは言っていた。

——川に落ちる寸前ね……誰かがぼくの手をつかんで、引き止めようとしてくれたんだ。その感触は、はっきり覚えている。

――誰かって、義理母じゃねーのか。

――……夜だったし、雨もひどかったから……よく……見えなかったんだ。けど、あの手の感じは女の人だったから、きっと……。

小さな手はヒカルの体を支えきれず、ヒカルは流されてゆき、十六年に満たない命を終えた。

――……ぼくは、自分で川へ落ちたんだ……それは絶対に確かだ。あの人に責任はない……けれど……ぼくの手をつかんだのが、あの人なら……ぼくは、あの人にまた苦しみをひとつ背負わせてしまったことになる……ぼくがあの人を愛してしまったことで、もうじゅうぶんすぎるほど、傷つけているのに……。

――怖いんだ、是光っ。――ぼくは、あの人の心が――怖い……っ。あの人が、今、この瞬間、なにを考えているのか、本当はぼくをどう思っているのか――この先、どう思い続けるのかも――怖い――。怖くて――怖くて、たまらないんだ……っ。

震えていたヒカル。

手紙を出したのは、藤乃なのか、別の誰かなのか。もし藤乃なら、嵐の晩に、そうしなければならない理由はなんだったのか？　何故、そのことを隠すのか。

暖炉で火がはぜた。窓を叩く雨の音が、ますます激しさを増している。部屋の中は風と雨と、火が燃える音しかしない。

窓辺に置かれたナイフの鞘《さや》に、部屋の照明があたって、光っている。

ヒカルはおろした両手を握りしめ、うつむいたままだ。藤乃も、目を伏せたまま動かない。

部屋の中に、胸をこするようなひりひりとした哀しみが満ちている。

（そういえば……藤乃はなんで俺に会いたがっていたんだろう）

ヒカルが生きている間は避け続けていて、ヒカルが死んでからも、ヒカルに関することは一切知らないと言う。

なのに、ヒカルの友達である是光に、ミコトを通してわざわざ接触してきたのは、妙ではないか。おなかの中にヒカルの父親との子供がいるのなら、余計にヒカルとの過ちは忘れたいはずだ。

この別荘に辿《たど》り着《つ》いたとき、是光を出迎えた藤乃が見せた、なにかを期待するような瞳と、

『待っていたわ……。赤城《あかぎ》くん、あなたを』

という焦《こ》がれるような声を思い出していたとき。

藤乃が結んでいた唇を、わずかに開いた。

「……赤城くん」

胸が、ドキンと音を立てる。

ヒカルも肩を上げて、藤乃のほうを見た。

藤乃は憂《うれ》いのにじむ美しい瞳で、是光を見つめている。その顔も、哀しい話をするときのヒカルに似ていた。感情を押し殺し、冷静に語ろうとしているのに、目に、唇に、静かな哀しみがにじみ出てしまう、あの淡く儚《はかな》い顔——。

藤乃の青ざめた唇から、静かな声がこぼれた。

「あなたとヒカルくんは……いつごろ友達になったの」

身構えていた是光は、藤乃の言葉が、母親や姉が、息子や弟についてその友人に尋ねる内容と変わらなかったことに拍子《ひょうし》抜《ぬ》けした。

ヒカルの表情から、こわばりがわずかにとける。

伝説に語られる天女のようなたおやかで美しい女性に、透明な眼差しで見つめられて、急に緊張《きんちょう》しながら、是光はぎこちなく答えた。

「……俺が、ヒカルの学校の高等部に入学して、ゴールデンウイークの前の日に、教科書を貸してくれってヒカルに言われて」

「教科書？」

「古典の——忘れたからって。俺はその日、古典の授業はなくて、持ってなかったんだけど」

月夜子《つやこ》とも、そんな話をしたことを思い出す。月夜子のように、藤乃もヒカルが生きていた頃の話を聞きたいだけだったのかもしれない。

生きているときには、愛情を注ぐわけにいかなかった義理の息子の死を、ただ悼《いた》みたかっただけなのかも。

是光がヒカルに貸す教科書を持っていなかったことを、月夜子は『調査不足ね』と朗《ほが》らかに笑っていたが、藤乃は不思議《ふしぎ》そうに、

「ゴールデンウイーク……今年の？」

と、ひっそりとつぶやいた。

「あっ、ヒカルとは一日しか口きいてねーけどっ、そんでも友達になろうって約束して——一日で、十年分過ごしたっつーか！」

慌《あわ》てて言う。

たった一日しか親交がない相手の携帯《けいたい》に、夜中にプライベートなメールを送ったりするだろうかと怪しまれているのではと、ひやひやする。

けれど藤乃は、少しの間切なそうな遠い眼差しをしたあと、淋《さび》しそうに澄んだ声で、静かにつぶやいた。

「そういうことも……あるわね。ほんの一瞬で、すべてが決まってしまうようなことが……」

うるんだ瞳が哀しくきらめいている。切ない美しさに、是光の息が止まる。

ヒカルと藤乃の出会いも、そんな風だったのだろうか。当時ヒカルは五歳で、藤乃は大学を卒業するのと同時に結婚したというなら、十五歳くらいで……。

ヒカルも藤乃と同じように、遠い眼差しになる。


──最初から叔母じゃなかった。


苦しそうにそうつぶやいていたことを思い出して、胸がつまった。

たった五歳でも、人は恋をするのだろうか。

運命の相手に出会ってしまうことが、あるのだろうか。

(俺には、そんなのよくわかんねー。つーか五歳の頃なんて、まだ洟垂《はなた》れのガキだったけど……)

泣いてばかりいる母親の愛情を、胸がひりひりするほど欲しがっていたことだけは、強烈に覚えている。

だから、子供だって人を求める苦しさも切なさも知っているし、その頃に抱いた強い感情は、大人になっても特別で忘れられないということは、理解できた。

藤乃がまた静かに是光に問う。

「あなたは、ヒカルくんの代理人だと名乗っているそうね」

「ヒカルと約束したから」

「約束……」

美しい瞳がかすかに揺れる。

まるで『約束』という言葉に、心をつかまれたように。

「花が枯れないように助けてやってくれって頼まれたんだ。あいつは、女はみんな花で、大事に世話《せわ》してやらなきゃいけないんだなんて、真顔でぬかすようなやつだったから」

藤乃の眼差しに憂いがにじんでゆく。なのに透明で、その分切なげで。

「あなたから見て……ヒカルくんは、どんな子だった？」

藤乃は何故こんなに苦しそうなのだろう。ヒカルはもうこの世にいないのに、一瞬も哀しみが忘れられないという目をするのだろう……。

「明るそうに見えて、淋しいやつだった。軽く見えて、案外真面目《まじめ》なやつだった」

是光にとってのヒカルは、そんな複雑な少年だった。秘密が多くて、本心を明かさない。想う相手にはどこまでも寄り添い、尽くそうとする。

「あんたから見たヒカルは、どんなやつだった？」

藤乃がまた、うつむく。

長いまつげを伏せて、淋しそうに黙っていたが、やがて小さな声でつぶやいた。

「ヒカルくんは――哀しい子だったわ」

声に、痛みがあふれる。

息をのむようにして藤乃の言葉に耳をすましていたヒカルの瞳にも、深い哀しみが浮かび上がる。

「子供の頃から、辛いことがたくさんあったはずなのに……いつも笑ってた」

藤乃の哀しげな声の響きに、ヒカルの苦しげな眼差しに――是光の胸も引き絞られる。

「ああ。母親と……約束したらしい。哀しいときも、笑顔でいるようにって」

――あなたはどんなときでも笑っていなさい。そうしたら、みんながあなたを愛してくれる。

体が弱くて早くに亡くなった母親が、一人きり取り残される息子に教えた、身を守る方法。

たとえ、あなたに意地悪《いじわる》をする人がいても、愛情で胸をいっぱいにして、笑いかけなさいと。

その言葉を、ヒカルは必死に守り続けてきたのだろう。

その意地悪な相手が、『運命』そのものであっても……。

藤乃がうるんだ瞳で切なそうに、ささやいた。


「泣いてくれたら、よかったのに……」


その言葉に、ヒカルは一瞬、胸を刺されたような表情を浮かべた。

けれどすぐに、その気持ちを押しやるように、強く結んだ唇がほころび、瞳がなごみ、やわらかな微笑みを――綺麗《きれい》な微笑みを――浮かべた。

哀しくて仕方のないときに、ヒカルが浮かべる淡い笑み。

ヒカルは泣けない。

だから、笑うしかないのだ。

そんなヒカルが見えている是光も、唇を噛《か》んだ。

──涙を流すのって、どんな気持ちなんだろう。

いつか聞いた憧《あこが》れに満ちた声が、耳の奥で哀しく響いている。

「っっ、ヒカルは……」

人の数倍感じやすいくせに、泣くことができない友人のために、なにか言ってやれることはないのか。

是光がたまらない気持ちで口を開いたとき。

ふいに、ドアの外が騒がしくなった。

なにかもめているようで、女性のわめき声がする。それから、こちらへ向かってくる足音が。

藤乃がそっと眉根を寄せ、ヒカルが不安げにドアのほうへ目を凝《こ》らしたとき、黒の毛皮のコートとあでやかな緋色《ひいろ》のワンピースに身を包んだ背の高い女性が、ノックもせずに部屋に入ってきた。

藤乃が立ち上がる。

「弘華《ひろか》さん……！」

緊迫した声を上げたのは、ヒカルだった。

（弘華って、確か——）

騒がしい客人の正体に思い至り、是光もドキッとする。

一朱《かずあき》の母で、ヒカルの父の先妻——頭条《とうじょう》が「あんな強烈な姑《しゅうとめ》のいる家に、葵《あおい》は嫁に出せん」としかめ面で語っていた右楯《うだて》弘華は、くっきりした眉をつり上げ、火花が飛び散りそうな激しい目で藤乃を睨《にら》むなり、叫んだ。

「自分の夫が死にかけてるっていうのに、高校生と逢《あ》い引《び》きしているの？　あきれた女ね！」

甲高い声で藤乃に一方的に非難を浴びせる女を、是光は啞然《あぜん》として見つめた。

これが噂《うわさ》に聞いていた一朱の母、弘華なのか？

アイシャドーやチークをこれでもかというほど塗《ぬ》りたくった顔は、美貌《びぼう》ではあるが年齢の判別がつかない。一朱の母なら四十は超えているはずだが、下手《へた》をしたら二十代に見える。背が高く、胸が大きく、ウエストは細く引きしまっていて、外国の女優のような見事なプロポーションで、化粧《けしょう》の効果もあるのだろうが、くっきりしたきつい顔立ちをしていた。赤みがかった髪は毛先を華やかに巻いて、そのままたらしている。

親戚《しんせき》なだけあって月夜子に似ていた。が、月夜子があでやかで明るい雰囲気なのに対して、こちらは同等のあでやかさを持ちながら、きつい、という印象がまず先に来る。

月夜子が誇《ほこ》らかに咲き匂い、しなやかに誘《さそ》う緋色の枝垂《しだ》れ桜なら、こっちは棘《とげ》をひらめかせた真っ赤な薔薇《ばら》だ。

（このオバさん、俺が藤乃とデキてるって、いちゃもんつけてんのか？　冗談《じょうだん》じゃねーぜ！）

是光がソファーから立ち上がったとき、弘華を追いかけてきたミコトが、是光の形相《ぎょうそう》を隠すような位置にさりげなく立ち、冷静な口調で言った。

「弘華さん、赤城くんは、わたしがお連れした藤乃さんのお客様です。弘華さんが今おっしゃったような事実はありません。藤乃さんがこちらの別荘で静養《せいよう》されているのも、ご出産を控《ひか》えた藤乃さんへの総帥《そうすい》のお心遣《こころづか》いです。それをどうかご理解ください」

「その総帥が、ゆうべから危篤《きとく》だって知らせは、とっくにあなたの耳にも入っているはずよね、藤乃さん」

ヒカルが衝撃《しょうげき》を受けたように、目を見開く。是光も握ったこぶしを、おろした。

（ヒカルの親父が、危篤だって！）

前から容態《ようだい》はよくないと聞いていた。

そのため、後継者の椅子《いす》を巡り、前妻の弘華と現在の妻である藤乃を支持《しじ》する層にわかれて、水面下で激しい攻防が続いていると。

その争いは、弘華の一粒種の一朱が言い逃れようのない醜態《しゅうたい》をさらしたことで、藤乃派に軍配《ぐんばい》が上がったと見られていた。だが、弘華が乗り込んできたのは、それを不服に思っての復讐戦《ふくしゅうせん》のためではないようだった。

「何故、あの人のところへ戻らないの！　あの人の妻はわたしじゃない。あなたなのよ、藤乃さん。しょせん、わたしもあなたも、あの人にとっては、あのいまいましい子供を産んだ桐世《きりよ》さんではない、別の女にすぎないわ。桐世さんが残したあの子も死んで、あの人にはもう愛するものなんか残ってなくて、この世に未練《みれん》なんてないんでしょうよ。あの人が愛しているのは、昔も、今も、桐世さんだけ！　けど、あなたはまだ、桐世さんの身代わりくらいにはなれるでしょう！」

燃え上がる炎の矢のような弘華の叫びが、哀しみに満ちていた空気を、引き裂いてゆく。

それに是光は圧倒された。

藤乃とヒカルは、口を閉ざしたまま苦しそうに弘華の言葉を聞いている。生命力にあふれた弘華と比べると、藤乃はますます死人のようだった。

「あなたはあの憎らしい女に、そっくりよ！　藤乃さん！　あの人があなたを後妻に迎えたとき、あの人が帝門《みかど》の研究施設で、桐世さんのクローンでも作らせたんじゃないかと思って、ぞっとしたわ。あなたは、あの人にとって、桐世さんの代理品でしかない。

けど、そんなこと、あの人の申し出を受けて帝門の家に入ったときから、わかっていたはずでしょう！　それでも、あなたは、帝門の総師の妻になったのでしょう！　だったら最後まで役目をまっとうしなさい！　あの人の枕元《まくらもと》で、桐世さんのふりをして、話しかけてあげるといいわ！　桐世さんが生きろと言えば、あの人は、地獄《じごく》からでも戻ってくるでしょうよ！　それとも、桐世さんが迎えに来たと思って、ころっと逝《い》ってしまうかしら。それはそれで、あなたにとっては都合《つごう》がいいはずよ」

息つく間もなく、弘華が藤乃に感情をぶつけてゆく。藤乃は黙って目を伏せている。

それが弘華の怒りを煽《あお》っていることは、是光にもわかった。

「……わたしは、戻れません」

低い声で、藤乃がささやく。

弘華が、顔が引きつるほど眉をつり上げ叫んだ。

「何故⁉　あの人に顔を合わせられない理由があるから？　おなかの中の子供が、あの人の子供ではなく、あの悪魔の子供だから？」

悪魔というのが、ヒカルのことを指しているのは、あきらかだった。

ヒカルが裂けそうな声で、

「ぼくの子じゃない！」

と叫ぶ。

是光も、藤乃の前に進み出た。

「おい！　俺はヒカルの友達だが、腹の子はヒカルの親父の子に間違いねーぞ！　ヒカルは義理の母親には、ほとんど口もきいてもらえなかったんだからな」

おおかた中傷メールを見て頭に血が上って、ろくに確かめもせずにわめきちらしているのだろう。

が、弘華は野良犬でも見るような目を是光に向け、言った。

「藤乃さんのおなかの子は、あの悪魔の子だというメールが来たわ。くだらない中傷の類《たぐい》だと思ったけど、念のため調べさせたのよ」

そうして、その視線を藤乃のほうへ向ける。

「藤乃さん。あなたが三月にこの別荘に滞在していたとき、あの子が訪ねてきたわね」

藤乃は身じろぎもしない。目を伏せたまま、暗い顔で、ただ立っている。

「確かにぼくは彼女に会いに来たけれど、それはぼくが気持ちを抑えられなくて、一方的に押しかけただけで、彼女は僕を部屋の中へも入れてくれなかった」

ヒカルが夢中で訴える。

「ヒカルは別荘まで来たけど、中へ入れてもらえなかったって言ってた！　だから腹の中の子は、ヒカルとは関係ねー！」

弘華が是光を見もせずに言う。

「ええ。あなたは追い返したわね、藤乃さん。けど、そのあとあの子を追いかけて、よりによって教会で、一夜をともにしたのよ！　子供はそのときできた子よ！」

（なんだって！）

是光は頭に、岩の塊《かたまり》をぶつけられたような気がした。

ヒカルも顔をこわばらせ、愕然《がくぜん》としている。

藤乃に拒絶された夜。ヒカルは、昔、傷ついた心を慰めてくれた女の子に会った教会へ行ったと言っていた。そこでその女の子に——空《そら》に再会して、月明かりもない暗がりの中、彼女に抱きしめられて、朝まで過ごしたのだと。

「ぼくが……あの夜……一緒にいたのは……空だったはずで……」

震える唇から、切れ切れにつぶやきがこぼれる。そのときの状況を、思い出しているのだろう。

まさか——。

そう思いながらも、否定しきれない。ヒカルの心の中では今、疑惑《ぎわく》と恐怖と絶望がせめぎあっている。

是光も反論の言葉を失った。

そんなこと、あっていいはずがない。そうだ、あってはいけない。

頭の芯《しん》をしめつけられるような痛みと、喉《のど》がつまるような息苦しさとともに、視線がのろのろと藤乃の腹部へと向かう。

ショールに隠れていて、はっきりとはわからない。けど、あの中で今も確かに育っている命は、もしかしたらヒカルの――。

「……ヒカルくんの子では、ありません」

藤乃がうつむいたまま、ささやく。

「ヒカルくんとわたしの間に……そうした関係は一切ありませんでした」

小さいけれど、はっきりとした否定だった。

青白い顔に苦悩がにじみ、唇が少しだけ震えている。藤乃とヒカルの間に一切関係がなかったというのは、嘘《うそ》だ。中学二年生のヒカルと、藤乃は一度だけ結ばれている。

だから藤乃の否定は、事実の否定にはならない。

ヒカルの子ではないという言葉も、嘘かもしれない！

弘華の目に怒りが閃《ひらめ》く。肩と眉を引き上げ、頬を紅潮させ、弘華は持っていたバッグから縦長の封書を出し、藤乃に向かって投げつけた。

封書が、藤乃の顔にぴしりとあたる。

ミコトがはっとし、ヒカルも身を乗り出すが、藤乃は封書が当たる瞬間目を閉じただけで、あとはうつむいていた。白い頬が封書の端で切れ、血が一筋にじんでも、目を伏せたまま黙っている。

「子供が生まれて調べれば、すぐにわかることよ。それでもあの人の子だと言い張るなら、最後まで貫きなさい。生まれてから、やっぱり血の繋がった甥の子供でしたなんて言い出したら、絶対に許さないっ。そんな子、出産させないし、生まれてきても、首をしめて殺してやるわ。桐世さんが、あの悪魔を産んだときにそうしていればよかったと、さんざん後悔したんだから」

赤い髪をひるがえし、弘華が部屋から出てゆく。

ミコトが頭を下げて見送る。

そうして、弘華の足音が遠ざかると、藤乃のほうへ歩み寄り、藤乃の足元に落ちた封書を拾い、藤乃を気遣うように背中に手を添え、

「傷の手当てをさせてください」

と、部屋の外へ連れ出した。

その間、藤乃は眉を下げ、目を伏せ、唇を結び、虚《うつ》ろな顔でうつむいていた。

部屋の中に、是光とヒカルの二人が残った。

弘華の声でかき消されていた雨風が、再び存在をうるさく主張しはじめ、濡《ぬ》れた窓がかたかたと鳴る。

暖炉では火が燃えているのに、部屋の中は急に寒くなったようだった。

ヒカルががくりと、膝《ひざ》をつく。

「おい——」

幽霊に、しっかりしろ、というのもおかしな気がしたが、ヒカルは真っ青で、今にも皮膚《ひふ》が透《す》けてしまいそうだった。手足や唇が、かたかたと震えている。

「どうして……気づかなかったんだろう……」

ところどころ掠《かす》れて途切《とぎ》れた声は、ぞっとするほど暗く、病的だった。

「あの夜……空は、ぼくをじっと抱きしめていてくれて……空の腕があたたかで……気持ちよくて……ぼくは途中で……眠ってしまって……夜、真っ暗な中……目が覚めて……空がぼくを見おろしていて……『空』って呼んで、手をのばして……引き寄せたら、空もぼくを抱きしめ返してくれて……そのまま……ぼくらは……。朝……また目が覚めたら、空の姿はどこにもなくて……ぼくの体に、真っ白な……ショールがかけてあった……あのショール……とても素材のいい……高価なもので……節約家の空が持つようなものじゃ……なかったのに……」

うなだれたヒカルの顔に、やわらかな髪がかかり、苦痛の表情を隠す。

けれど声ににじむ痛みと絶望は、隠しようもない。

「あの夜……ぼくを……慰めてくれたのは……空だった。けど、ぼくと結ばれたのは……空じゃなくて……」

最愛の人との逢瀬《おうせ》。それは、本来喜ぶべきもので、祝福されるべきもので。

けど、その結果、望まれない命が相手の胎内《たいない》に宿ってしまったとしたら。

血の繋がった、叔母と甥の子が――。

「あの人の……おなかにいるのは……ぼくの……子……なの？　そんな子が……生まれてきてもいいの？」

ヒカルの苦悩が、是光の体も焼く。

空が妊娠を打ち明けたときとは違う。

もし藤乃の子の父親がヒカルだとしたら、不義の子であり、近親姦で生まれた禁忌《きんき》の子だ。

藤乃も子供も、一生その十字架《じゅうじか》を背負い続けることになる。

生まれてこなければよかったのにと言われ続けたヒカルが、生まれてきてはいけない子供を、この世に残すことになる。

藤乃もそれが罪だと、わかっているはずだ。

(なんで別荘に来たヒカルを一度は追い返したのに、後を追ったりしたんだ。空のふりをして、ヒカルと抱き合ったりしたんだ)

そんなことをしてはいけないと。

それは不幸を呼ぶと。

わかっていたはずなのに何故！

ヒカルが顔を上げ、是光にすがりつく。その手も、腕も、是光の体にめり込んでしまう。それでも是光を見上げ、ぐちゃぐちゃの顔で叫ぶ。

「どうしよう、是光っ。あの人は、産むつもりだ！　きっと誰が反対しても、子供を産む！　どうしたらいいんだろう！　ぼくは、もう死んでるのに——」

是光も、ことの重さに答えられない。

ヒカルの手がめりこんでいる体が、ぞわぞわと震えている。

朝衣が案じていたことが、現実になってしまった。

（どうすりゃいいんだ。子供が生まれたら、こいつも藤乃も救われねー）

ヒカルは狂ってしまうのではないか。

そのまま永遠に、この世界をさまよい続けるのではないか。

そして藤乃も生きた屍《しかばね》のように、笑うことも、叫ぶこともなく、うつむいたまま過ごすのではないか。

そんな想像に、胸がすりつぶされそうになったとき。

ポケットで携帯が震えた。

片手で取り出し、着信を確かめる。

非通知のメール！

中を開けると、どこかの床に、手と足をガムテープとロープで拘束《こうそく》されて横たわる紫織子の画像が、添付《てんぷ》されていた。

『ヒカルへ
今夜。あなたがわたしを裏切《うらぎ》った場所へ、あの夜と同じ時間に来て』

文面はそれだけだった。

最後に『藤乃』——と表記されている。

絶望の淵《ふち》にあるヒカルとふれあったまま、是光はその文面を——拘束された紫織子の画像を——歯を食いしばり、睨みつけた。

(花里。おまえも、どうしちまったんだ！　なにを考えているんだ！)

◇　◇　◇

赤城是光の中に、ヒカルの君が生きていることを確信したのは、是光がみちるを橘《たちばな》の花のようだと言ったときだった。

――花里。

低い声でみちるの名字を呼び、

――おまえは、橘の花みたいだな。地味《じみ》だけどふわっと香って、懐《なつ》かしい感じがする。そういうのなんかいいと思うぜ。

と、真面目な顔で言った。

それは小学生の頃、ヒカルが橘の花を好きだと言ってくれたのと、ほとんど同じ言葉で、みちるの心を震《ふる》わせた。

けれど、おかしい。

是光はがさつで乱暴で、花の名前すらろくに知らなそうなのに。

――ほのちゃん、赤城くんって、お花、好きなのかな？

――えーっ、ないって。食べられる花くらいしか興味ないんじゃない。あ、でも……。

――なに？

――へ、ヘリオトロープとか……っ、あんまり聞かない花の名前を知ってて……。友達に教わったんだって言ってた。

みちるが見たかぎり、赤城是光に友達はいない。平安学園の高等部に入学する前も、周りから避けられていたと聞いている。

是光は、葵や朝衣に対して、自分は帝門ヒカルの友人だと主張したらしい。

ヒカルと是光の間にはなんの接点もなく、二人が知り合うチャンスは、ゴールデンウイークの前日に是光が登校した一日だけだというのに。

そんな是光が、ヒカルの告別式に参列しているのを見たときは驚《おどろ》いたけれど、あのときも、居心地《いごこち》悪そうにむっつりと口を閉じていて、仲良しの友達の死を悼んでいる風ではなかった。

なのにいつの間に、ヒカルの友達ということになったのか。

しかもはじめのうちは、是光を無視し続けていた葵が、是光と嬉《うれ》しそうに挨拶を交わすようになり、ヒカルが生前入りびたっていた奏井夕雨《かないゆう》のアパートへ是光も通うようになり、ヒカルが援助《えんじょ》していた紫織子が是光の家に引き取られ、ヒカルの一番華やかな愛人だった月夜子も是光に信頼を寄せている。それらを観察しているうちに、もしかしたら——という疑惑《ぎわく》が芽生えた。

そうして、是光があの言葉をみちるに告げたとき、わかったのだ。

ヒカルの魂《たましい》は是光の体に取《と》り憑《つ》き、その中で意志を持ち、生き続けていると。

是光がヒカルしか知らないことを知っていたり、たまに二人が重なるのは、きっとそのせいだ。

ヒカルは死んでいない！

生きている！

その確信は、みちるの心の奥深くでぼろぼろに傷つき、愛する人への恨《うら》みごとをつぶやき続けていた、もうひとりのみちるを救い上げた。

そのみちるも、ヒカルのことが好きだった。いや、もっと深い気持ちで愛していた。

十四歳の春、信州の別荘へ出かけたとき、ヒカルも近くの別荘に家族で静養に来ていると聞いた。

帝門家所有の別荘まで行き、一目だけでも姿を見られないかと、ドキドキしながら周りをうろついていたら、ヒカルが出てきた。

それが嬉しくて、それから別荘にいる間は毎日、ヒカルのあとをつけた。

そんなある日、あの美しく切ない光景を見たのだ。

薄紫の美しい花が垂れ下がる、野生の藤棚。

その下に立つ、ヒカル。

白い肌や薄茶色の髪が、まばゆい光に透けてきらきらと輝いていて、その周りに薄紫の藤の花びらが滝のように降り注いでいて、それに向かって、ヒカルがしなやかな両手を差し伸べる。

そうして絶え間なく散ってゆく花びらを、愛おしそうに抱きしめる。

薄い花びらはヒカルの腕の中にとどまることなく、次々こぼれ落ちてしまう。

それでも切ない横顔で、手を伸ばし、抱きしめる。

ヒカルが去ったあと、今度はヒカルにそっくりな美しい女性が、人目を避けるようにして現れ、降り積もった藤の花びらの上にしゃがみ込み、ヒカルがふれた薄紫のそれを、白い両手ですくいあげ、愛おしそうに、哀しそうに——口づけた。

白い頬を、真珠のような涙が一筋、こぼれ落ちていって。

やがて彼女は、藤の滝壺《たきつぼ》の底に沈むように、その花びらの中に体を丸めてうずくまり、しばらくの間、動かなかった。

ほっそりとした腕に、胸に、喉に、足に、音もなくほろほろと降り積もる、薄紫の花びら。

秘密の恋——。

鼓動《こどう》が高まり、頬も耳も頭も燃えるように熱くなった。

まばたきをすることも忘れて見つめたそのすべてを、みちるは特別な宝物として、心の真ん中にしまい込んだ。

あの二人は愛し合っているのだ。

けれど、人目を避けてさえ、会うことも言葉を交わすこともできないのだ。

それでも、わかった。

あの藤こそが、ヒカルの最愛であると——。

自分がヒカルの目にもとまらないほど、地味でつまらない小娘であることを、みちるは自覚していた。

心を清らかに保っていれば、いつかヒカルの君は、わたしを見つけてくれる。あの橘の花を、好きだと言ってくれたときのように。

〝表〟のみちるは、そう願っていた。

けどその裏で、そんなことは夢物語だとあきらめてもいたのだ。

だからこそ、藤乃とヒカルの許されない関係に、強烈に憧れた。

美しいヒカルにふさわしいのは、同じくらい美しい藤乃だけだ。

なのに、二人はこの世では、愛し合うことができない。

なんという切なさだろう。

なんという甘さだろう。

二人が互いを想い合う様子が見たくて、二人の世界に少しでもふれていたくて、ヒカルや藤乃にこっそり張り付き、見つめ続けた。

帝門の関係者が集まるパーティーには必ず出席し、二人の様子を観察した。

ヒカルも藤乃も、人前で言葉を交わすことは決してなかった。けど、周りに誰もいないとき——。

ヒカルが藤乃がふれたシャンパングラスを手に取り、切なそうに口づけるのを——藤乃がヒカルが座った椅子にそっと手でふれ、美しい瞳をうるませてうつむくのを見た。

藤乃が見つめた絵画を哀しそうに見つめるヒカルも、ヒカルが顔を寄せ香りを吸い込んだ薔薇の枝にふれ、棘で指を刺し、その指先を罪悪感でいっぱいの顔で口に含み、うなだれる藤乃の姿も——。

そんな場面を目撃するたびに、みちるの憧れは高まっていった。

そうして、いつからか自分が藤乃になって、ヒカルと禁断の恋をしているのだと想像するようになっていった。

それは不健全な妄想だとわかっていたので、みちるはそんな考え方をする自分を恥じ、胸の奥に押し込めていた。

けれど、そこでもう一人のみちるは、ヒカルへの許されない想いを、〝藤乃〟として、募《つの》らせていった。

ヒカルがみちるに人前で話しかけられないのも、女の子たちの間を渡り歩き浮き名を流すのも、忍ぶ恋をしているから。

本当に愛しているのは藤乃《みちる》だけ。

そう思うことは、皮肉にも表のみちるにも救いを与えた。みちるがヒカルに相手にされないのは、ヒカルが藤乃《みちる》への恋心を隠しているからだと。

そう思えば、ヒカルに見てももらえない惨《みじ》めさも哀しさも消え、ヒカルが他の女の子たちに愛をささやくのさえ、甘美な痛みに変わった。

そんな風に、表のみちると裏のみちるは、お互いの間を行き来しながら、共存していた。

みちるはもう一人のみちるが、幻想であることを知っていた。

それが、いつからだろう。

〝六条《ろくじょう》〟と名乗る女性が、甘くささやいたのは。

――ねぇ、わたしのこと、覚えてる？

子供の頃、右楯のお屋敷《やしき》の祠《ほこら》の前で会った、赤い服の女の人。

顔や姿は薄れていたけれど、赤いワンピースと、祠の前でゆらゆら揺れていた朱色の花だけは、胸に焼きついていた。

恐ろしくて、高貴で、力ある女性――。

蜘蛛《くも》の化身《けしん》――。


――ずっとあなたの中にいたのよ。花を折って、わたしをここから出して。

――そうしてくれたら、あなたに蜘蛛の力をあげる。あなたを愛する者を手に入れ、喰い殺して永遠に自分のものにする力をあげる。


ゆらゆら、ゆらゆら、揺れる毒々しい朱色の花。

それを、みちるは、つんだ。

そうして、裏のみちるは〝六条〟の声を聞き、その力を振るえるようになった。

――愛する人から愛し返してもらうには、その人の最愛のものを喰らって、成り代わればいいの。ときには愛する者自身さえ。

――あなたは、藤乃を喰らい本物の藤乃になるの。


だんだん、花里みちるが消えてゆく。

それでもかまわない。もともと誰も、みちるを必要としていない。誰もみちるを名前で呼ばない。家族でさえ、その名を口にすることはほとんどない。

しつけや教育に厳《きび》しく、すぐにみちるの手をぴしゃりと打つ母親は、出来の良い姉とみちるを比べ、お姉さんはできるのに、どうしてあなたはできないの？　と嘆き、父がよその女に生ませたみちるの弟にも敵意をむき出しにし、いくら向こうが男の子を生んだといっても、愛人の子は愛人の子です、あなたたちはお父様の嫡出《ちゃくしゅつ》なのですから、愛人の子より賢く上品にならなければなりませんと言い含め、何人も家庭教師をつけたが、それでもみちるが特出した才能を示すわけでもなく、地味で冴《さ》えない子供のままなのに、うんざりしたらしく、あるとき、

「もう、いいわ」

と溜息《ためいき》とともにつぶやき、みちるを叱《しか》ることさえなくなった。

もう、いい――と。

みちるにはなにも期待しないと！

唯一、みちるを『みちる』と呼ぶ帆夏《ほのか》も、名門の平安学園で幼稚園《ようちえん》から過ごしながら、ぱっとしないみちるを哀《あわ》れんで、自分の引き立て役として一緒にいるだけだ。

だから帆夏が『みちる』と呼ぶたび、胸がちくちく、もやもやした。

帆夏が是光のことを意識して、赤くなったりうろたえたりしているのを見ているときも、やっぱりもやっとしていた。

是光が文化祭でヒカルとの約束をはたし、みちるの願いを叶《かな》えてくれて、これでもう帆夏に引け目を感じることもなくなると思っていた。

けど、違った。

帆夏に対する不安とも焦《あせ》りとも、憎しみともつかない、ちくちくした感情は、消えなかった。

どうして？　わたしは満足したはず！

嬉しかったはず！

幸せだったはず！

そのときまた、六条がささやいた。

——いいえ。みちるは満たされても、藤乃は、まだ満たされていない。藤乃とヒカルの約束ははたされていない。それが叶うまで、あなたはずっと惨めなままで、式部《しきぶ》帆夏にも格下の人間として、哀れまれ続けるのよ。


「わたしは、もう……誰にも、わたしをバカにさせたりしない」

ひんやりと光沢を帯びた黒い金庫をさめた目で見つめて、みちるはつぶやいた。

ついさっきまで、内側から扉を蹴《け》るかすかな音がしていたが、今は聞こえない。

窓の外は、雨と風が吹き荒れている。

あの夜と同じだ。ヒカルが裏切った、あの夜。藤乃が裏切った、あの夜。

やり直そう。

そして、式部帆夏にも誰にも手に入れられない、あの、この世でもっとも輝く少年との至純《しじゅん》の愛を、完成させるんだ。

電気を消し、懐中電灯《かいちゅうでんとう》をひとつだけ持って、ログハウスのドアを開ける。

風がドアを引きちぎらんばかりの勢いで、吹きつける。

みちるの顔にも、雨粒が叩きつけられ、やわらかな髪が舞い上がった。風に引っ張られ転びそうになりながら、みちるは学園の制服のまま、真っ暗な嵐の中に踏み出した。

「約束を……はたしてもらうわ、ヒカル」

◇　◇　◇

小学生の女の子を連れた、花里みちるらしい女子高生がタクシーに乗り込んだという情報が朝衣たちにもたらされ、その運転手と行き先が判明したのは、真夜中近かった。

運転手は、みちるのことはともかく、際《きわ》だった美少女である紫織子のことは、よく覚えていた。これから親戚の家へ行くのだけど妹は疲れて眠ってしまったのだと、みちるは説明したらしい。

すぐに救出に向かうと是光の携帯にメールを入れ、朝衣は頭条たちと一緒に、車でみちるのあとを追った。

（花里みちるは普通ではないわ。取り返しがつかないことになる前に、止めなければ）

それにもし、紫織子の体にほんの少しの傷でもつくことがあれば、是光に対して面目《めんぼく》が立たない。

激しい雨で車が思うように進まないことに苛立《いらだ》ちを募らせていたとき、携帯に連絡が入った。

ひいなからで、みちるが二日前に大型電気店で金庫を購入したという知らせだった。搬入先《はんにゅうさき》は、信州にあるみちるの親戚のログハウスで、その親戚は海外に在住しており、めったに日本へ帰ってこないという。タクシーの運転手が証言した行き先も一致しているて、みちるの潜伏先《せんぷくさき》はそこに間違いなさそうだった。

が、安堵《あんど》する前に、みちるが金庫を購入したということが、朝衣の胸をひやりとさせた。

金庫は小学生の女の子が入れるサイズだと聞いて、背筋が凍りつく。

車内で一緒に電話を聞いていた頭条と葵も、あの事件を思い出したのだろう。顔をこわばらせた。

世間的には、おおやけにならなかった。

けど、朝衣たちにとって身近な世界で起こった、小学生の女の子が誤って金庫に閉じこめられ窒息死《ちっそくし》したという、いたましいあの事件——。

年齢も自分たちに近かったため、葵などしばらくは自宅の金庫の前を通るたび、朝衣の腕にぎゅっとしがみついていた。

あの女の子は、みちるの実家——花里家の縁戚《えんせき》だった。ならばみちるも、あの事件を記憶しているはずだ。

「もしかして……花里さんは、しーこちゃんを——」

震える葵の肩を、頭条が勇気づけるように抱き、朝衣もまた厳しい声で言った。

「急がないと」

◇　◇　◇

(息が苦しい)

暴れるとその分、空気が減ることをさとって、紫織子は体を折り曲げられた窮屈《きゅうくつ》な体勢のまま、じっとしていた。

けど、だんだん限界が近づいている。もう長くはもたない。

(助けて、是光お兄ちゃん!)

◇　◇　◇

(おまえは、あの晩、こんな激しい雨の中を歩いて川へ行ったのか？　ヒカル)

風は少しおさまってきたものの、雨は大地を突き刺す勢いで降り続いており、足元は土が流れてぐちゃぐちゃで、傘《かさ》はまるで役に立たない。

そんな中を、是光はミコトと藤乃と一緒に、ヒカルが死んだ川べりへ向かって進んでいた。

ミコトと藤乃は頭にフードのついたカッパを着ている。その端からも大粒の雨粒がひっきりなしにしたたり落ちている。藤乃はフードを深くかぶり、うなだれたまま進んでいる。表情は見えないが、懐中電灯の明かりに照らされた頬や唇は青ざめている。

出かける前、藤乃は窓辺に置いてあったナイフを憂いのにじむ瞳で見おろし、服の中に入れた。

それを見ていたヒカルが肩をびくっと震わせ、なにかを恐れるように顔をゆがめるのを是光は見てしまって、

——それ、持って行くのか。危ねーから、よせ。

藤乃にそう言ったら、生気のない顔で、

——お守り……だから。

と答えた。

その声も淡々としていて、是光は胸が嫌な感じにざわついた。

ミコトは清涼感のある瞳で藤乃を見ているだけで、藤乃がナイフを携帯するのを止めなかった。出産を間近に控えた妊婦の藤乃が、嵐の夜に危険な外出をしようとしているのも――。

川へ近づくにつれて、水が唸りを上げて流れる音が大きくなってゆく。まるで川が怒っているようだ。

(こんな夜に、外へ出るだけでもアブねーってのに、わざわざ川へ行くなんて自殺行為だぜ)

命を終えたあの日、ヒカルはどんな気持ちでこの場所へ向かったのだろう。

そして、もしヒカルを呼び出したのが藤乃だとしたら、その心の中にはどんな思いがあったのだろう。

藤乃のおなかの中にいるのがヒカルの子かもしれないと知ってから、藤乃の気持ちがますますわからなくなってしまった。

一体なにを考えて、藤乃が行動しているのか。

ヒカルを遠ざけながら、その一方で子供を孕《はら》むような行為をしたのは、何故なのか。

藤乃はフードで顔を隠して、うつむいている。

ヒカルも苦しそうで、二人ともこれから処刑されに行く人のようだった。

(くそっ、ろくに前が見えねーっ。こんな無茶苦茶な雨の中で、花里はなにをはじめよ

うっていうんだ)

最初に紫織子の画像つきで送られてきたメールには、約束をはたしに来て、と書いてあった。

是光ではなく、〝ヒカル〟に向けて送られたメールであることは、文面を見ればわかった。

けど、ヒカルは死んでいるのだ。

(それとも、花里の目には、ヒカルが見えているとでもいうのか?)

だとしても、差出人が〝藤乃〟であり、〝ヒカル〟が〝藤乃〟との約束を叶えることがみちるの望みだと言うならそれは無理だと、ヒカルは別荘を出る前に言っていた。

もはや嘆く力もないほど絶望し、疲れはてた顔と声で――苦悩に満ちた瞳で。

――だって、ぼくがあの人と子供の頃に交わした約束はたったひとつだけで、二人が永遠に一緒にいることだったんだもの。

そんなことは、もうずっと前から不可能で、ぼくが死んだ今では絶対に叶わないと。

確かにそのとおりで、ヒカルが生き返りでもしないかぎり無理だ。

いや、もうひとつ、方法があるにはある。

が、それはあまりに不謹慎《ふきんしん》なので、是光はすぐに考えないようにした。

(とにかく花里に会ってからだ)

そのとき川沿いの草むらに、人魂《ひとだま》のように揺らめく明かりが見えた。

懐中電灯を向けると、横殴《よこなぐ》りの雨粒がオレンジ色の明かりの中に浮かび上がり、その向こうに、学園の制服を着たみちるが髪を乱して立っているのが見えた。

傘もなく、ぐっしょりと雨に濡れている。顔に張り付いた髪のせいだろうか。それとも唇に浮かぶ薄い笑みのせいだろうか。

別人のような妖《あや》しい雰囲気をただよわせていた。

そう、まるで、かつらをかぶり、女の服を着ているときの一朱のような——。

そうして、一朱に似たねっとりした口調で、言った。

「時間、どおりだねぇぇ、ヒカルぅぅ」

四章
六条の告白

（みちる、どうして電話に出てくれないの）

帝門《みかど》家の別荘へ向かうタクシーの中で、帆夏《ほのか》はみちるの携帯《けいたい》に電話をかけ続けていた。

メールも何通も送っているが、返事はない。

胃が破けそうな気持ちで携帯を耳にあてている帆夏の隣《となり》のシートには、夕雨《ゆう》がやっぱり不安そうな顔で座っている。

夕方、是光《これみつ》からみちるのことで電話があり、そのあとすぐ、今度は夕雨から電話をもらった。

そこで紫織子《しおりこ》が誘拐《ゆうかい》されたことを知ったのだった。

是光が、みちるに変わったことはなかったかと歯切れの悪い声で尋ねたのは、そのせいだったのだ。

夕雨の話を聞きながら、何度も息を止めた。

是光は、みちるは紫織子と一緒にいると言っていた。それは、みちるが紫織子を誘拐したということ？

とても信じられなかった。あの真面目《まじめ》なみちるが！

是光は帆夏に、おとなしくしていろと言ったけど、家で待っているなんてできなかった。是光のあとを追うことに決めた帆夏に、夕雨も同行を申し出たのだ。

恋敵《こいがたき》の夕雨と行動を共にするなんて、奇妙な感じだった。けど、一人ではないということが心強かった。

是光は帝門家の別荘へ行ったらしいと夕雨に聞いていたので、月夜子《つやこ》に電話を入れたが繋《つな》がらず、学園の子たちに電話をしまくって住所をつきとめた。

電車で現地へ辿《たど》り着《つ》き、そこからあらかじめ手配しておいたタクシーに乗り込んだのだった。

舗装《ほそう》されていない道を走っているようで、車体ががたがたと揺れる。フロントガラスは雨粒で濡《ぬ》れていて、真っ暗だ。

と、闇《やみ》の中にオレンジ色の光が見えた。


（みちる！）

川岸が一部だけ明るくなっていて、そこに、学園の制服を体に張りつかせ、薄笑いを浮かべているみちるが立っている。さらに目をこらせば、みちるの前に、懐中電灯《かいちゅうでんとう》を持った是光もいる。ばさばさな赤い髪《かみ》が、雨に濡れてぺったりしている。是光は懐中電灯の明かりをみちるに向けて、険《けわ》しい顔でみちるを睨《にら》んでいた。是光の後ろに、カッパを着た女の人が二人、寄《よ》り添《そ》うように立っている。

帆夏は運転手に向かって、夢中で叫んだ。

「止めてください！」

◇　◇　◇

「しーこは、どこだ」

目と眉《まゆ》に力を込めてみちるを睨みすえながら、是光は尋ねた。

普段のみちるなら、是光にそんな風に睨まれただけで声を上擦《うわず》らせ、おたおたしているだろうに、妖《あや》しく見つめ返しながら、

「いいこでお留守番《るすばん》してるよぉ」

と答える。

お互いが手にしている懐中電灯の明かりだけが、相手の姿を照らしている。目に突き刺さるような鋭《するど》い照明の中に、頭のてっぺんからブレザー、ヒダスカート、ニーソック

スまでずぶ濡れにしたみちるが、笑っている。

紫織子の居場所がわかったというメールは、ここへ来る前に朝衣《あさい》から受け取っていた。

みちるに共犯者がいなければ、紫織子はじき朝衣たちに救出されるだろう。が、みちるにどんな理由があっても、小学生の紫織子を、こんな形で巻き込んだのは、許せなかった。

みちるに問いかける声が、さらに険しくなる。

「なんで、しーこを誘拐したりしたんだ」

「言ったでしょう。ヒカルの君を復活させるため」

是光の隣に張りつめた表情で立っていたヒカルが、苦しそうに顔をゆがめる。少しまばらになってきた雨は、ヒカルのほっそりした体をすり抜けてゆき、やわらかな髪も雨の中、静かにそよいでいる。その光景はひどく儚《はかな》く幻想的で、ヒカルは幽霊なのだとあらためて思わされた。

「そんなのは、無理だ」

「無理じゃないよぉぉ。だって、ヒカルの君はまだいるでしょう。赤城くんの中に。誤《ご》魔化《まか》してもダメ。知ってるんだよぉぉ。ヒカルの君も、聞こえてるんでしょう」

ねっとりした口調で言い放たれた言葉に、ドキッとする。

ヒカルもわずかに目を見張った。

（こいつ、マジでヒカルのことが見えているんじゃ。さっきもオレを『ヒカル』って呼んだし。いや、そんなはずはねぇ。見えてたら、俺を無視して直接ヒカルに話しかけているはずだ）

多分、ヒカルの言葉を伝える是光に、ヒカルが取《と》り憑《つ》いていると思い込んでいるのだろう。実際ヒカルは是光から離れられないわけだから、ある意味正解なのだが。

だが、それを認めたら話がややこしくなる。後ろで息をひそめている藤乃《ふじの》とミコトも混乱するだろう。

なので厳《きび》しい顔で言った。

「死んだもんを呼び戻してどうする、おまえはヒカルにサヨナラを言ったはずだろう」

みちるの顔から、すーっと笑みが引く。

目に暗い影が浮かび、うつむいた。

「そうだね、みちるには言ったねぇ。でもわたしには言ってない」

その様子に、胸のざわめきを覚えながら、

「花里《はなさと》じゃないなら、おまえは誰なんだ」

尋ねると、ゆっくりと顔を上げた。

濡れた肌が妖しい艶《つや》を帯び、唇《くちびる》に自信に満ちた笑みが浮かび、目の奥で青白い火が揺らめく。

「〝六条《ろくじよう》〟、だよ」

ヒカルが息をのむ。

是光の心臓《しんぞう》の音も、その瞬間高まる。

（六条だって――！）

右楯《うだて》の屋敷の庭に祀《まつ》られた、夫とその愛人を喰い殺した蜘蛛《くも》の化身《けしん》。

月夜子が恐れ、一朱《かずあき》が信奉し、邪悪な笑みとともに名乗ったその女の名前を、みちるの唇が恍惚《こうこつ》として紡《つむ》いだことに、茫然《ぼうぜん》とする。

そのとき雨音に、よく知っている叫び声が混じった。


「みちる！」


冷たい雨の中を、ぬかるみに足をとられて転びそうになりながら、ジャケットに細身のパンツという姿で走ってきたのは、家でおとなしく療養《りようよう》しているはずの帆夏だった。

パンツの裾《すそ》を泥だらけにして、必死の目をして是光たちの前まで来た帆夏を、是光はとっさに叱《しか》りつけた。

「式部《しきぶ》っ、おまえ、おとなしくしてろって、あれほど言ったのに！　って、夕雨まで」

帆夏のあとから、長い髪を雨に濡らした夕雨がひっそりと現れたのを見て、目をむく。

夕雨のロングスカートも、雨に濡れて足にからみついている。

「……ごめんなさい。赤城《あかぎ》くんのことが、心配で……」

「あたしだって、じっとしてられるわけないっ！　みちるは、友達なのに！」

帆夏が濡れた髪を振り、強い口調で主張したとき。

嘲《あざけ》るような声がした。


「友達？　花里みちるは、ほのちゃんの引き立て役じゃない」


みちるはひんやりした目で帆夏を見ていた。帆夏の顔がこわばる。

「なに言ってるの、みちる」

「花里みちるが地味でグズで、級長って名前の惨《みじ》めな使いっ走りだったから、助けるふりをして優越感にひたっていたんでしょう。みちるを庇《かば》うふりをすれば、ほのちゃんは正義感が強くて友達思いのいい人って、周りに思ってもらえるものね。『なんで帆夏は級長みたいなズレた子と仲良くしてるんだろうね』『帆夏は面倒見《めんどうみ》がいいから、放っておけないいんじゃない。帆夏、気が強いけど優しいし』って、クラスの女子に言われてるの、知ってる？　知ってるよねぇぇ？」

帆夏が声をつまらせる。けどすぐに両手をぎゅっと握りしめ叫んだ。

「知ってたら、机、蹴《け》り飛《と》ばしてるよっ！　あたしが、みちると友達になったのは、そんな理由じゃ――」

「あーっ、もう五月蠅《うるさ》い！　ほのちゃんの偽善的な反論なんて聞きたくないし、ほのちゃん邪魔《じゃま》っ！」

癇癪《かんしゃく》を起こした子供のようにわめいたあと、みちるはまたすっと冷たい目になり、

「火事で、焼け死ねばよかったのに」

甘い声でつぶやいた。

帆夏も――しかめっ面で息を詰めて聞いていた是光も、ぎょっとする。

「せっかく火をつけたのに、助かっちゃうんだもんねー」

帆夏が怯《おび》えている目で尋ねる。

「あれは……みちるがつけたの？」

弱気に掠《かす》れた声に、信じたくないという気持ちが込められている。けど、みちるは無邪気に答えた。

「みちるじゃなくて、六条だよぉぉ。一朱さんが、虞美人《ぐびじん》の名前で奏井《かない》夕雨をはめようとしてたから便乗したんだよぉ。ほのちゃんに情報を流せば、絶対に関わってくると思ってたからぁぁぁ」

「俺に、式部が夕雨の画像を持っているって吹き込んだのも、わざとか」

睨みつける是光にも、

「うん、好きな人に疑われたら、ほのちゃんが傷つくと思ってぇぇ。赤城くんのこと好きって言ったのも、ほのちゃんを苦しめるためだしぃ、赤城くんが階段で拾ったブレスレットも、わたしが置いたんだよぉ。あれは、ほのちゃんがベランダから落としたブレスレットじゃなくて、ほのちゃんとおそろいの、みちるのブレスレットだったの。〝カッコいいほのちゃん〟とおそろいなんて、また比べられてバカにされるだけだから、みちるは気後れして、一度もつけられなかったんだけどねぇ」

是光の脳裏《のうり》で、銀色のブレスレットが閃く。

ひいなが転落した階段に落ちていた、あのブレスレット。てっきり帆夏のものだと思って、動揺《どうよう》して帆夏を問いつめたりした。

そうだ。みちるも同じブレスレットを持っていると、夏休みに話していた。あれが、みちるが故意に置いたものだったなんて！

しかも、みちるはさらに笑みを濃《こ》くし、

「ほのちゃんがブレスレットを落としたのも、わたしがわざとぶつかって、そうしたんだけどねぇぇ」

帆夏が顔をゆがめ、混乱しきっている様子で叫ぶ。

「嘘《うそ》っ！　みちるは、そんな子じゃないでしょ！」

「そんな子だよぉ。みんな、みちるをバカにしてるから気づかないだけ。だから油断《ゆだん》して、なんでも教えてくれる。秘密も見せてくれる。わたしがわざと意地悪しても、ドジをふんだフリすれば、気づかない。文化祭の前の日に火災報知器を鳴らしたときも、うっかりやっちゃったって言ったら、赤城くん、信じたよね。あれもわざとだよぉ」

「な――」

喉《のど》をしめ上げられたような声を出す是光に流し目を送りながら、みちるがうっとりした表情で言う。

「赤城くんを孤立させたかったの。みちるが小学生の頃、ヒカルの君が女の子とのトラブルで孤立したときみたいに。あのとき、はじめてヒカルの君が頼ってくれて、嬉《うれ》しくて、ヒカルの君の笛や絵の具箱を盗んだりもした。それで、わたしが見つけてあげたり、新しいものを贈ったりすると、ヒカルの君が感謝してくれたから」

今度はヒカルが、是光とまったく同じ反応をする番だった。

初等部のとき、裏庭の告白スポットで同じ日に五人の女の子に愛を誓《ちか》ったことがバレて数日ハブられたヒカルに、白い花の形に折った手紙をくれた優しい女の子。

ヒカルは白い花の君と呼んでいて、彼女と手紙をやりとりした短い時間を、あたたかな眼差《まなざ》しで語っていた。『ぼくを励《はげ》ましてくれたり、盗まれたリコーダーや絵の具箱を取り返してくれた人がいたんだ』と。

それが、嫌がらせの犯人が、その白い花の君自身だったなんて。

みちるはそのことを恥じるどころか、悔《くや》しそうに眉根を寄せた。

「あのときみたいに、赤城くんにも、わたしを頼ってほしかったのに、それでほのちゃんよりわたしのほうを好きになってほしかったのにぃ。赤城くんが自分で解決しちゃって、がっかりだったよぉぉ。そしたらもう、あとはほのちゃんの応援《おうえん》するふりして、邪魔するしかないよねぇ」

帆夏が唇を動かす。けど声が出ないようで、苦しそうに唇を引き結ぶ。

是光も、ようやく言葉を絞り出す。

「……っっ、夕雨の部屋に傘《かさ》をぶらさげたり、カッターを仕込んだりしたのも……おまえ、なのか？」

「うん。わたしが、病院の受付のお姉さんにやらせたんだよぉ。あのお姉さんは、一朱さんの愛人狙ってたから。奏井さんが邪魔だったのぉ。だから喜んで、奏井さんを虐《いじ》めてくれた」

「斎賀《さいが》や葵《あおい》に虞美人の名前でメールを送って、対立させようとしたのもか！」

頭の中が爆発しそうだ。

「わたしだよぉ」

耳のあたりが熱くなり、すぐに冷たくなる。文化祭の日、一日だけみちるの彼氏になって、一緒に校内を回った。あのとき、嬉しそうに頬《ほお》を染めて、是光とたこ焼きや綿菓《わたが》子《し》を食べさせ合ったみちるや、そのあと初等部の裏庭で、是光がコスモスの花で作った指輪をはめて、

『ありがとう』

と、目に涙をにじませ微笑《ほほえ》んでいたみちると、今、目の前で妖しく微笑むみちるの間にギャップがありすぎて、頭がずきずきしてくる。

「おまえ……っ、文化祭のとき、ヒカルにサヨナラして、すっきりした顔で笑っていただろう。あれは演技だったのかよ」

　するとみちるは、真面目な顔になり、

「ううん。本当に嬉しかったよ。赤城くんがヒカルの君の代わりに、文化祭で彼氏になってくれて、シンデレラになれて、みちるはすごく嬉しかった。でも、そのあとほのちゃんと会ったとき、胸のもやもやが消えないまま残っていたの」

　帆夏がかすかに肩を揺らす。

「あれ、へんだなぁ、なんでかなぁと思ったとき、六条が言ったの。花里みちるの約束を叶《かな》えてもらうだけじゃダメなんだって。まだはたされていない約束があるって。藤乃とヒカルの約束が——」

　みちるの瞳にまた、妖しい光が輝きはじめる。

雨がみちるの頬や額《ひたい》を打ち、顎《あご》やまつげから水滴が落ちる。

藤乃はミコトと一緒に是光の後ろにいるはずだが、ひと言もしゃべらず沈黙している。

何故《なぜ》、帆夏へのもやもやが消えないことが、藤乃とヒカルの約束へ繋がるのか、是光にはまったくわからなかった。

ヒカルもただただ唖然《あぜん》としている。

「っっ、どうして六条が、いきなりおまえに話しかけたりするんだ」

「いきなりじゃないよ。もうずぅぅぅっと前から、わたしの中にいたんだよぉ。小さい頃に、パーティーで右楯のおうちへ行ったとき、祠《ほこら》の前で赤い服を着た女の人に会って、教えてもらったの。愛《いと》しい人を手に入れる方法を。邪魔なやつは食い殺してしまえばいいんだって」

みちるの語る内容に、ドキリとする。ヒカルの顔にも驚《おどろ》きが走る。

右楯の屋敷にある祠を、みちるは見たのか？

そこで六条に会ったというのが幼いみちるの幻想なのか、それともなにかそう思い込むような出来事があったのかは、知らない。

けど、そのとき、みちるの中に六条の存在は根をおろし、時折みちるの表面に浮かび上がっては、災厄《さいやく》を振りまいていたのだろうか。

まだ、ほんの幼い――小学生の頃から。

そして、ヒカルが死んだ今も！

気がつけば、是光の体は雨でぐっしょり濡れているのに、口の中がからからに乾いていた。

「『ヒカルの君を巡る女たち』ってタイトルのチェーンメールも……おまえが送ってたんだな」

みちるの唇が、ゆっくりとつり上がる。

懐中電灯の明かりに照らされた、白い顔——。それは無邪気で、それでいて歳を重ねた女性のように妖艶《ようえん》で。

「だって、ヒカルには、〝最愛〟以外の花は、必要ないからぁぁぁ。ヒカルの花園には一番美しい一房しかいらないからぁ」

笑っているのに、瞳の中にはひんやりした恨《うら》みや憎しみや苦悩や苛立《いらだ》ちが広がってゆく。ヒカルが愛情を向けた花たちへの、どろどろした黒い感情が——。

ヒカルがみちるを凝視《ぎょうし》している。恐れ震《ふる》えながら、見つめずにいられない、そんな顔で——。

「ヒカルが本当に欲しかったのは、紫の藤の花だけ。なのに、みんな知らない。ヒカルの君に愛されていると思って、いい気になってた。だから、どうしてもわからせたかったの。あなたたちなんて、身代わりなんだって。葵の上は、お葬式《そうしき》で騒いで自滅《じめつ》してくれそうだったから、ヒカルが毎晩通っていた奏井さんからはじめたんだよぉ」

是光の横にひっそりと立っていた夕雨の肩が少しだけ揺れ、小さな顔に怯えが浮かんだようだった。

みちるの頬に、髪がはりつく。

それを払いもせず、みちるは怨念《おんねん》のこもる低い声で言った。

「花里みちるは、ヒカルが気づいてくれるのを、ただ待っていただけ。けど、わたしは違う。ヒカルの花園からヒカルの最愛の藤以外の花をむしりとって、わたしが藤になる。そこにいる藤は、間違えた藤だから」

間違えた藤？

ヒカルがなにか叫びかける。

それより早く、ひえびえとした光をたたえていたみちるの瞳の奥で、強い激情が燃え上がり、手をすっと上げるなり、是光の後ろをはっきりと指し示した。

「その藤は、ヒカルを殺した」

五章　彼はそのとき……。

「見ていたよぉ。あなたがヒカルをナイフで刺そうとするのを」

おさまっていた風が急にみちるの周りで唸《うな》りを上げ、みちるの弾劾《だんがい》の言葉を冷たい闇《やみ》の中に広げてゆく。

是光《これみつ》は振り返ることができなかった。顔をこわばらせ、凍りついた体に雨を受けたま ま、みちるの目に浮かぶ憎しみを見ていた。

ヒカルが顔をゆがめ、唇《くちびる》を動かす。

「やめて……」

と言ったようだった。けれど、雨と風とみちるの言葉にかき消されてしまう。

みちるの怨念《おんねん》のこもる声が、水面に落ちた毒が広がるように是光の心までも黒く染めてゆく。体に毒が回ったように、動けない。

「あの夜、ヒカルが別荘に滞在してるって知っていたから、うちの別荘を抜け出して、ヒカルの部屋の窓を見ていたら、夜中にヒカルがこっそり出ていったの。ヒカルは川で、誰かを待っているみたいだった。そうして、あなたが現れたとき『藤乃《ふじの》さん』と呼びかけた。あなたはつぶやいたわ」

みちるが低い声で言う。

「『何故《なぜ》、決めてしまったの』って――」

ヒカルの顔が、さらにゆがむ。苦しそうに眉根《まゆね》を寄せ、目を細める。

是光はみちるが口にした藤乃の言葉に、聞き覚えがあった。

夕雨《ゆう》がアパートに引きこもっていたときだ。なにもしようとせず生気のない表情でただ見ているだけのヒカルに腹を立てる是光に、哀《かな》しそうに言ったのだ。

――前にね、大事な人に……何故、決めてしまったの……って、責められたことがある。そのとき、思った。ぼくが決めたことが、正解とはかぎらないんだって……。

その答えに納得《なっとく》ができずにいる是光に、ヒカルはひどく儚《はかな》げに、淋《さび》しそうに、微笑《ほほえ》んでみせた。

(あれは、藤乃の言葉だったのか!)

なら、みちるが今、語っていることも、実際にあったことなのか？　ヒカルを呼び出したのはやはり藤乃で、あの夜、藤乃はヒカルの前に姿を見せて――。

「それから、ナイフを両手で握りしめて、ヒカルのほうへ走ってきた」

是光の頭を、また衝撃《しょうげき》が貫く。

窓辺に置いてあった、インテリアにしては物騒《ぶっそう》なナイフ！

あのナイフを見て、ヒカルはあきらかに動揺《どうよう》していた。

出かける前に、藤乃が憂《うれ》いのにじむ瞳でそれを見おろし、服の中に忍ばせたときも、やっぱり肩をびくっと震《ふる》わせ顔をゆがめていた。

あのとき感じた嫌なざわめきが、今、是光の全身を包んでいる。

硬くこわばった首をひねってようやく振り向くと、藤乃は静かに目を伏せ、うつむいていた。カッパのフードから水がしたたっていて、そこからこぼれた髪《かみ》も濡《ぬ》れていて、スカートの裾《すそ》も、足元も、ぐちゃぐちゃで。

にもかかわらず、藤乃は息をのむほど美しかった。

みちるの言葉に、ひと言も反論せず、うるんだ瞳を伏せ、儚げな細い眉を下げ、花びらのような唇を結び、哀しげに、苦しげに、沈黙を守っている。

弘華《ひろか》に責められたときと、まったく同じだ。

生気のない、美しい屍《しかばね》――。

(なんで、なにも言わねーんだ。頼む！　なんか言ってくれっ！　ちゃんと反論してくれ！)

心の中で、必死に訴《うった》える。

帆夏《ほのか》と夕雨は、不安と驚《おどろ》きが交錯《こうさく》する顔で藤乃のほうを見ている。

ヒカルは藤乃とは逆に、みちるの言葉にそのつど顔をゆがめ、肩や唇を震わせていた。

こんなにうろたえているのは、きっとみちるの言葉が事実だから。

ナイフを握りしめ自分のほうへ向かってくる藤乃を、ヒカルはあの夜、見たのだ！

——雨と風がすごくて、前がほとんど見えなくて。

自分が死んだのは事故だったと、執拗《しつよう》に繰《く》り返《かえ》していたヒカル。ヒカルが自分の死にまつわることを隠していると感じていたのは、間違いではなかった。

ふと、藤乃の隣《となり》にいるミコトが目に入った。

うつむく主《あるじ》に寄《よ》り添《そ》うミコトは、厳《きび》しい表情を浮かべている。けれど、そこに帆夏や夕雨の顔に表れているような驚きはない。ミコトは、藤乃がヒカルを呼び出しナイフを向けたことを、知っていたのかもしれない。

また激しさを増してきた雨と風の中、みちるが燃える目で藤乃を見つめ、憎しみを叩《たた》きつける。

「あなたが、ヒカルを殺したのよ！」

藤乃は、うつむいたまま動かない。

美しい瞳は、ただ哀しみと苦悩にうるんでいる。花が語らないように、藤乃も語らない。

そのときヒカルが、悲痛な声で叫んだ。

「違う！　ぼくは足をすべらせて川へ落ちたんだっ。藤乃さんには、刺されてない！」

是光も、はじかれたように叫ぶ。

「ヒカルの遺体《いたい》に刺し傷はなかったはずだ！　だから藤乃はヒカルを刺してねーし、ヒカルを殺してもいない！　そうだろう？　あんたは刺してねーよな！」

必死に藤乃に呼びかけるが、藤乃は眉根をそっと寄せただけで、答えない。

みちるが鋭《するど》い声で反論する。

「その女から逃げようとして、川へ落ちたのよ。その女が殺したのと同じよ」

「藤乃さんは、ぼくの手をつかんでくれた！」

「あんたは、ヒカルが川へ落ちる瞬間、ヒカルの手をつかんだんだろ！　ヒカルを助けようとしたんだろっ！」

お願いだ、そうだと言ってくれ！

ヒカルを殺すつもりなどなかったと！　たとえヒカルにナイフを向けたのが事実だったとしても、そのあと正気に戻って、ヒカルの手を握って助けようとしたのだと、言ってくれ！

今、ここで、青い顔で震えながらあんたを信じたがっているヒカルに、救いを与えてやってくれ！

血がにじみそうなほど手を硬く握りしめ、祈る。

帆夏も夕雨も、是光と同じ気持ちでいるのだろう。哀願するような眼差《まなざ》しで、藤乃を見ている。

ミコトだけは、藤乃の言葉をありのままに受け止めようとするような覚悟の表情を浮かべている。

藤乃が閉じていた唇を開いた。

うつむいたまま、静かな声でささやく。

「いいえ。つかんでないわ」

その瞬間、雨が弱まった。

藤乃の言葉は、そこにいる全員の耳に、はっきりと聞こえた。

ヒカルは胸が張《は》り裂《さ》けそうな表情を浮かべ、帆夏と夕雨も、それぞれ息をのんだり、眉根を寄せたりして、辛《つら》そうに顔をゆがめた。

是光も愕然《がくぜん》とし、目を見開いた。

ミコトは表情を変えない。

みちるが勝《か》ち誇《ほこ》ったように唇をつり上げる。

「そうよぉぉ。その女はナイフを握りしめたまま、ただ立ってた。ヒカルの手をつかんだのは、わたし、わたし！」

ヒカルの瞳が揺れ、青ざめた顔に驚きが浮かぶ。

それは、ヒカルも知らないことだったから。

ヒカルは、藤乃がつかんだのだと思っていたから。

何故ならあの晩、川べりには、ヒカルと藤乃の二人きりしかいないはずだったから。

「その女はヒカルを殺そうとして、わたしは助けようとした。だから、ヒカルと愛し合う藤は――わたしのほうがふさわしいのよぉぉぉ！　本物の藤はわたしなのよぉ！」

息をつく暇《ひま》もないほど言葉の矢を放ち続けるみちるは、濡れた顔を恍惚《こうこつ》にきらめかせ、万能の神のように立っていた。

「ヒカルの運命の恋人はわたし！　ヒカルの最愛はわたし！　だから、やり直すの！　わたしはヒカルを助けて――わたしがヒカルの藤になって、わたしたちは至上の恋人同士として、二人きりの清らかな楽園で、永遠に愛し合うのよぉぉぉ」

気が狂わんばかりの悦《よろこ》び。勝利の愉楽《ゆらく》。

全身を穿《うが》つ雨でさえ、みちるには祝福のシャワーに感じられているのだろう。

背筋を悪寒《おかん》が走り、是光は苦い唾《つば》を飲み込んだ。

みちるは完全に、現実と妄想の境目を失っている。火葬《かそう》され骨になり、墓場に埋められたヒカルと、どうやってやりなおすというのか。

そんなことは不可能だ。

（くそっ、どうしたら花里《はなさと》の中から六条《ろくじょう》を追い払える？）

常識を踏み越えた妖怪に刻一刻と近づいてゆく友人を、帆夏も恐れと焦燥《しょうそう》の眼差しで見つめている。

雨がみちるの――六条の全身を包み、そこに懐中電灯《かいちゅうでんとう》の照明があたり、光をまとったように輝いている。

水かさを増した川が荒れ狂う音が、是光の耳を打つ。

そのとき、藤乃がひっそりと尋ねた。

「ヒカルくんは、助かろうとした？」

愉悦にひたっていたみちるが、急にびくっと肩を震わせた。

藤乃はうなだれていた首と伏せていた目をそっと上げ、静かにみちるを見つめている。

圧倒的な美しさをただよわせた哀しげな瞳で、また問いかける。

「あなたがつかんだ手を、ヒカルくんは、どうした？」

みちるは何故だか答えられない。

目を見開いたまま頬《ほお》をこわばらせている。その顔がしだいに苦しそうにゆがみ、半開きの唇が喘《あえ》ぐように小さく動き、瞳に怯《おび》えのような感情をにじませる。

そしてヒカルも――藤乃の問いを聞いて、顔をこわばらせた。

「握りかえした？　はなした？」

淡々と問いかける声に、かすかに切なさがにじむ。

みちるは、まだ答えられない。

懐中電灯を握る指にぎゅっと力を込め、藤乃から視線をそらし、震えそうになるのを必死に堪《こら》えるように、唇を嚙《か》みしめる。

何故藤乃がそんな質問を続けるのか、何故みちるがこんなに追いつめられた顔をしているのか、是光にはわからなかった。

だが、攻守は完全に入れ替わり、哀しみに満ちた瞳で静かに問いかける藤乃のほうが、みちるを圧倒している。

ヒカルもまた、青ざめた美しい顔にあきらめのような静かな哀しみを浮かべた。

「……」

雨までが藤乃の声のように切なく弱々しくなり、代わりに川が荒れ狂う音がはっきりと耳に突き刺さってくる。

藤乃に忠実なミコトが、揺るぎのないまっすぐな眼差しを美しい主に向けている。

是光たちがそれぞれに息を殺すようにして見つめる中——唇をぎゅっと嚙むみちるに、藤乃が確認するように言った。

「はなしたのね」

淡い表情でみちるを見つめていたヒカルが、透明な哀しみで瞳を満たす。

みちるは目を小さく見開き、体を震わせた。あいている手で片耳をふさぎ、禍々《まがまが》しい言葉を聞いたかのように小さく首を横に振る。何度も、何度も振る。それは否定ではなく、もうそれ以上話さないでほしいという懇願《こんがん》にしか見えなかった。

　藤乃の眉が下がり、静かな哀しみの上に、静かな絶望が重なる。

「やっぱり……ヒカルくんは死にたかったのね」

「！」

　みちるがまたびくっとし、体を縮《ちぢ》める。

　是光たちも息をのんだ。

　ヒカルは藤乃と同じ顔に、同じ哀しみ、同じ絶望――同じ痛みを浮かべて、音もなく降る雨の中に立ちつくしていた。

　ミコトは藤乃だけを、見つめている。

　その藤乃は、ヒカルと同じ雨にいだかれ、哀しみと絶望の眼差しをみちるへ向けたまま、罪を告白するように疲れ切った声でつぶやいた。

「わたしもヒカルくんも、ずっと苦しかった。終わらせたいと思っていた。一瞬も心の安まる暇はなかった」

　自分で自分を守るように身を小さく縮めたみちるが、

「そんなこと……」

　と、掠《かす》れた声でささやく。

　おずおずと顔を上げたものの、藤乃の透明な――それでいて哀しみと苦悩で染まった美しい瞳を見て、あとの声はくぐもって消えてしまう。

それほど藤乃の苦しみも絶望も、深かった。

「あなたは、わたしに送ってきたメールに繰り返し、書いていたわね……。この世にただ一人だけの、運命の相手と……。それは逃げ場がないということよ。選択肢がいっさいないということよ。半身ということは、切り分けられないということ――決して離れられないということよ。運命というのは、この世の果てまで逃げても逃れられない呪《のろ》いということよ」

声を荒らげているわけではない。

強く睨《にら》みすえているわけでもない。

なのに、静かな口調や、哀しみをたたえた眼差しから、藤乃がこれまで味わってきた――今この瞬間も味わっている苦しみが、闇が、絶望が、伝わってくる。

「そんなこと、な……」

みちるが顔をゆがめて必死に反撃を試《こころ》みようとしても、それは口にしたとたん溶けて消えてしまう弱々しいものだ。

どれだけ罵声《ばせい》を浴びせても、人殺しと非難しても、藤乃の哀しみも絶望も揺るがないだろう。

どれほどの闇なのかと想像し、是光も体の奥がぞくっとし、胸が押しつぶされたように苦しくなった。

ヒカルに似た藤乃は、美しい藤乃は、淡々と語り続けている。

「心が、たった一人の相手から片時も離れないということの絶望や苦しさを一度でも味わったら……恋が甘美なものだなんて絶対に言えない。朝起きて、その人のことを想う。目覚めている間も、ずっとその人の声が耳の奥で聞こえている。夢の中までも微笑みかけてくる。一瞬の安息も許されない。息をすることさえできない――それはもう、呪いだわ」

紫織子《しおりこ》の家の庭で、一人哀しそうに、紫《むらさき》君子蘭《くんしらん》に口づけていた藤乃。

白い頬に涙がこぼれ、伏せた瞳は痛々しくて。

見ているだけで、息がつまるような光景だった。

深く愛するということは、その愛に五感のすべてを――魂《たましい》のすべてを支配されるということ。過去も未来も、なにもかも捧《ささ》げるということ。

それは呪いだと。

是光があのとき見た藤乃は、美しい囚人のようだった。

みちるは目に力を込めて、必死に藤乃を睨んでいる。

みちるが携帯《けいたい》に送ってきた愛の言葉の数々を、是光もまた思い返す。

『許されない恋であることも、忌《い》むべき大罪であることも、周りの誰にも祝福されないことも、はじまったときからわかっていたはずだ』

『自らの身を抉《えぐ》り、貫き、焼《や》き焦《こ》がすような——痛みと絶望しか伴わない苦しい恋だと。辛い恋だと』

『決して他人に気づかれぬよう、月の光も射し込まない闇の中でだけ愛し続けると、指を噛んで誓《ちか》いあったのではなかったか。
一生のヒメゴトだと』

『あいしているわ。
あなたを、愛しているわ』

『わたしの幸福よりも未来よりも、あいしているわ。
たとえ罪でも、愛している。狂おしいほどに愛しているわ』

『愛《いと》しいヒカル。あなたの〝最愛〟は、永遠にわたしなのよ』

辛い恋だと言いながら、みちるは実際には、その辛さの半分もわかっていなかった。

忌むべき大罪だと断言しながら、その重さを知らなかった。

ただ障害の多い恋に、憧《あこが》れていただけだった。

忍ぶ恋の甘さに、酔っていただけだった。


『気まぐれなあなたは、わたしを覚えていてくれたのだろうか。二人の心がふれあい、幸せに満ちたあの艶《なま》めかしくも清廉《せいれん》な時間の記憶を』

『わたしの手とあなたの手が重なり、足が絡み合い、切ない痛みをともなってひとつに溶けてゆくあの甘い絶望を』


切なくきらびやかに飾り立てたどの言葉も、本物の絶望の前では、たちまち色あせる。

みちるが至上とし、憧れ続けてきたものが、藤乃の言葉で——眼差しで——崩《くず》れ落《お》ちてゆく。

あなたが妄想するその恋は、現実には美しくも甘くもないのだと告げられて。

みちるの恋は絵空事で、忍ぶ恋にただ憧れていただけだと告げられて。

「ヒカルくんと出逢ったことは呪いだった。ヒカルくんを愛したことは罪だった。ヒカルくんが生きていることは、痛みと苦しみの連続でしかなかった。ヒカルくんが死んだら楽になれるかと思ったけれど、そんなことはまったくなかった。今も、空虚《くうきょ》と絶望だけが広がっている。この先も永遠に」

藤乃の瞳の中に広がる、暗い深淵《しんえん》。

それは、是光がヒカルと知り合った頃に、ヒカルがたびたび見せた深淵と同じものだった。

真っ黒な絶望。

ただただ苦しいだけの恋。

なのに繰り返してしまう。もうやめよう。やめられない。決意と絶望の連続。見ないようにしよう、離れていよう。小さなささやきさえ聞こえないように——。何度も何度も同じことを考える。同じことを自分に言い聞かせる。この恋は誤りで、この恋は罪で、この恋は破滅《はめつ》なのだと。

それでも、断ち切れない恋。

「あなたは、わたしではないから、わからないわ」

ヒカルの父の妻になった藤乃が、義理の息子になったヒカルを遠ざけながら、一度きりの過《あやま》ちを犯したこと。

そのあと、幾度もヒカルを拒絶したこと。

なのに空《そら》のふりをしてまで、ヒカルとまた抱きしめあい、ヒカルの子かもしれない子供を、胎内《たいない》で育て続けていること。

忘れなければいけない。遠ざけ、遠ざからなければいけない。

なのに魂も体も引き寄せられる。一瞬も忘れられない。犯してはいけない過ちを重ねてしまう。

不可解と思える藤乃の行動は、すべてヒカルへの恋から派生したものであったことを、是光は波のように押し寄せてくる藤乃の絶望的な想いとともに知った。

「わたしは、ヒカルくんを呼び捨てにしたことなんて一度もないし、ヒカルくんを自分のものだなんて、思ったこともない。ヒカルくんへの気持ちは、わたしにとっては甘いものなんかじゃないし、ヒカルくんへの気持ちを、美しいだなんて思わない。幸せだなんて思えない」

藤乃の言葉が、是光の心も打《う》ち据《す》える。

ヒカルが、もう叫ぶことも膝《ひざ》を折ることもできず、藤乃と同じ絶望しきった顔で立ちつくす姿に、息が苦しくなる。

（おまえも――そうだったのか？　ヒカル？）

求めながら、愛しながら、忘れたいと願っていたのか？

「血の繋《つな》がりがあってもなくても、同じことよ。わたしとヒカルくんが似ているのは、あまりにも相手のことを想いすぎてしまったからで、そんなのは苦しいだけ。生まれ変われるなら、わたしは——」

藤乃の声が、途《と》切《ぎ》れる。

込み上げてくるものをのみこみ、目を伏せ、小さな声で、それでもはっきりと断言した。

「……わたしは、ヒカルくんのいない世界を、望むわ」

胸のど真ん中を、貫かれる。

帆夏と夕雨も、痛みに顔をゆがめる。

みちるは嵐の中で進むべき方向を見失った人のように目を見開き、茫然《ぼうぜん》としていた。

切れ切れに降る雨の中、激しく音を立てて流れる川の岸辺で、藤乃が続ける。

「ヒカルくんも、きっとわたしと同じことを言う。いつかこの恋が報《むく》われて、二人で幸せになれる日が来るなんて、かけらも思えなかったし、生きることは苦しみの連続だと知っていた。それでも……生きたいと思ったのなら、あなたの手を握りかえしたでしょう。はなしたというなら、ヒカルくんも、終わりにしたがっていたのよ。この絶望しかない日々を」

気がつけば、みちるを見ていたヒカルが、哀しみに満ちた暗い瞳で藤乃を見つめていた。

　今にも消えてしまいそうに、ひっそりと。

　――ヒカルは、自殺だったのでしょう。

　月夜子《つゃこ》が、低い声で是光に尋ねたことを思い出し、その言葉が耳の奥で不気味《ぶきみ》にこだまする。

　ヒカルの手首にあったという、リストカットの痕《あと》。それは幽霊のヒカルの手には見つからない。けど。ヒカルが亡くなる前日、別荘地の乗馬コースでヒカルに会ったとき様子がおかしかったと月夜子は言っていた。

　とても儚く見えたと。

　不安で、ヒカルにキスせずにはいられないほどに。

（おまえは、自分から死を選んだのか？　ヒカル？）

　――義理母が、おまえを夜の川に呼び出した理由を、おまえは知りたいんだな。

　――……。

是光が、そう尋ねたとき。ヒカルは唇を噛み、黙っていた。

あれは真実を知ることを、恐れているからのように見えた。

けど、違う。

(おまえは藤乃の気持ちを、とっくに知ってたんじゃねーか?)

藤乃が拒絶しながら、ヒカルを愛していたことを。

相手の目を見ただけで恋をしているかどうかわかるヒカルが、藤乃の中にある激しい想いに気づかないはずはない。

そう、ヒカルは知っていたのだ。

藤乃が、何故、自分を呼び出したのか。

藤乃が、ナイフを向けてきた理由も。

——ぼくは、自分で川へ落ちたんだ……それは絶対に確かだ。あの人に責任はない。

——ぼくがあの人を愛してしまったことで、もうじゅうぶんすぎるほど、傷つけているのに……。あの人を不幸にしているのに……。

拒もうと必死に努力しても、引き寄せられてしまう。顔をそむけても、目をそらしても、存在を感じてしまう。

朝目覚めてから、夜眠るまで、忘れられない。夢の中まで追いかけてくる。

そんな呪いのような絶望的な恋を終わらせるのは、もはや命そのものを終わらせるしかないと――。

――怖いんだ、是光っ。――ぼくは、あの人の心が――怖い……っ。あの人が、今、この瞬間、なにを考えているのか、本当はぼくをどう思っているのか――この先、どう思い続けるのかも――怖い――。怖くて――怖くて、たまらないんだ……っ。

藤乃の気持ちがわからなかったから、ヒカルは恐れたのではない。

その逆だ！　まるで心を共有しているかのように、わかりすぎていたから、その逃げることも断ち切ることもできない恋情《れんじょう》を、恐れたのだ。

そうして、雨と風が吹き荒れる真っ暗な川べりで、藤乃は決意を秘めた哀しげな瞳でナイフを握りしめ、ヒカルに向かって走ってきて。

それをかわそうとしたヒカルは川へ落ち、みちるが手をつかんで引き上げようとしたら、ヒカルはそれを拒み、自ら手をはなし流されていった。

（それが、あの夜の真相なのか？）

頭を連続して穿たれるような感覚に、是光は歯を思いきり食いしばった。

どんなに苦しくても、ヒカルと愛を交わした運命を取り替えたりしないと言い放った月夜子。

けど、どの花よりも深くヒカルと愛し合ったヒカルの最愛の藤乃は、絶望の眼差しで、ヒカルのいない世界を望むと断言した。

それを聞いたヒカルは今、どんな気持ちでいるのだろう。

藤乃を見つめるヒカルの眼差しは、淡く儚い。

まるでこの瞬間、消えてしまいそうに。

月夜子が乗馬コースで会ったときのヒカルも、こんな顔をしていたのか？

金色に透きとおるやわらかな髪が淋しく揺れ、勢いをなくした雨粒が、ヒカルの体にとけるように吸い込まれてゆく。

（なんで、そんな全部あきらめたみたいな情けねーツラをしているんだ、ヒカル）

花びらのような唇は、今にも淡くほころびそうに見える。

「ヒカルくんは、生きていても幸せにはなれなかった」

藤乃が哀しげに告げる。

痛みでいっぱいの眼差しをみちるへ向け、あきらめきった——疲れきった顔で、言った。

「ヒカルくんは、生まれてくるべきじゃなかったのよ」

——生まれてきてはいけなかった子。

小さな頃から、ヒカルが周りの大人たちに言われ続けてきた言葉を、今、ヒカルの最愛の女が口にした！

ヒカルがゆっくりと微笑むのを、是光は胸が破けそうな思いで見つめた。

「……」

ミコトが静かに目を伏せる。

帆夏が唇を動かし、なにかつぶやいた。

「ひどい……」

と言ったのかもしれない。

ヒカルに特別に恋しい相手がいたことを知っていた夕雨も、泣きそうな表情を浮かべる。

　みちるは、完全に打ちのめされたようだった。

　間違ったところからやり直そうと試みたのに、根本から全部間違いだったと断言されたのだ。憧れも、希望も、すべてが砕かれ、光り輝く美しいものは、真っ暗な闇だったと知らされて、足をがくがく震わせ、体を折り曲げ、目を大きく見開いたまま、低い声で途切れ途切れにつぶやく。

「違う……っ。そうじゃない……っ。わたしたちの恋は……美しくて……この世で一番清らかで切ない……至上のもので……なんで……嘘《うそ》をつくの……。あの藤は……偽物だから……。そう……違う……ヒカルの君は、死をのぞんだりしない……ヒカルの君は、この恋を、わたしを……拒絶したりなんか……」

　みちるの中にいるすべての人格が、ショックを受け、混乱している。

「……ヒカルの君を、助けなきゃ」

　みちるが、ふらふらと川のほうへ歩き出す。

「そうしたら……ヒカルの君は、またわたしに感謝してくれる……うるさくて下賤《げせん》な女の子たちの中から、わたしを見つけて、わたしを選んでくれる……わたしだけを、愛してくれる……」

「みちる、そっちは――」

帆夏が引きつった声を上げる。

是光も叫んだ。

「花里、止まれ！」

けれどみちるは是光の声も帆夏の声も耳に入らない様子で、川のほうへ歩いてゆく。

真っ黒な不安の塊《かたまり》が、是光の胸に押し寄せる。

藤乃とヒカルの約束を叶《かな》えるためヒカルをよみがえらせると、六条の狂気にとらわれるみちるは言った。

けど、それは不可能で、もしただひとつ方法があるとすれば、〝藤乃〟があとを追って死ぬことで——。

「是光！　花里さんを止めて！」

ヒカルもみちるがなにをしようとしているのか察して、絶叫する。

是光はみちるのほうへ走った。

「みちる、待って！」

「おまえは来るな！」

帆夏を怒鳴《どな》りつけながら、みちるに向かって手を伸ばす。

「ほら……ヒカルの君が助けてって、呼んでる」

「ヒカルは、そっちにはいねー！」

みちるの腕にふれた指先が、しめった空気をつかむ。ぬかるみに足をとられ、体が傾《かたむ》き、慌《あわ》てて踏《ふ》ん張《ば》る。

そんな是光の目に、川へ落ちてゆくみちるの姿が見えた。

一瞬の出来事だった。

微笑みを浮かべて前屈《まえかが》みに落ちてゆくみちるの残像が、目の裏に焼きつき、帆夏の悲鳴が上がり、ヒカルが「花里さん！」と叫び、真っ黒な水飛沫《みずしぶき》が上がる。

唸りを上げて荒れ狂う川に、みちるの小さな体はたちまち飲み込まれ、流されてゆく細い腕だけが視界のはしに映った。

「くそぉっ！」

是光は懐中電灯を放り出すと、みちるのあとを追って飛び込んだ。

「赤城《あかぎ》！」

◇　◇　◇

全身が凍りつきそうなほどの冷たさに、是光の意識は飛びかけた。

続いて、体を強く押され手足を引き裂かれるような感覚に、翻弄《ほんろう》される。

夏休みに帆夏たちと出かけた流れるプールの十倍の速度はありそうな真っ黒な奔流《ほんりゅう》に、

手足をばたつかせることさえままならない。

「是光！　是光っ！」

ヒカルが夢中で是光の名前を呼んでいる。

是光の視界を、みちるの背中らしきものがよぎった。

流れに体を押されながら、必死にそちらへ泳いでゆく。いや、流されているといったほうが正しい。

「っっ！」

みちるは気を失っているようだ。このままではどんどん流されていってしまう。口にも目にも耳にも水が入ってくる。体が水圧で潰《つぶ》れそうだ。

「あきらめて――たまるかよっ！」

根本から千切れそうなほどに伸ばした腕は、今度はみちるの体を捕らえた。

「くうっ」

そのまま引き寄せ、しっかりと抱きしめる。

みちるはぐったりしていて動かない。絶対にはなすものか。俺は、こいつを連れて、岸に戻るんだ！

「是光っ！　後ろ！」

ヒカルの声に、首をひねる。

是光たちが流されてゆく方向に、大木が横たわっている。そこに水がぶつかり、高い飛沫を上げ、その向こうへ流れてゆく。

是光は目を細めると、みちるを抱く腕にぐっと力を込めた。

「危ない！　是光！」

是光の背中が大木に当たった瞬間、ヒカルが悲鳴を放つ。

是光の背中にも、心臓《しんぞう》を後ろから圧迫されるような痛みが走り、呻《うめ》き声《ごえ》が漏《も》れる。けど、木にぶつかったのは、わざとだった。

みちるを抱《かか》えたまま、木を伝って岸へ向かおうとするが、濁流《だくりゅう》が次々押し寄せてきて、思うようにいかない。みちるを庇《かば》いながら岸へ辿《たど》り着《つ》くには限界がある。

「おい！　花里っ！　起きろ！　花里！　花里っ！」

耳元で大声で、みちるの名を連呼する。

「目を開けろ！　花里！」

みちるが小さく呻き、まぶたを持ち上げる。

是光を見て、はっとし、いきなりもがきはじめた。

「やだっ、なんで？　はなして！　いやぁ！」

「アホ！　はなしたら、流されちまうだろーが！」

「それでいい……っ！　わたしは、ヒカルの君のところへ行くんだから。そこで、藤乃になるんだから」

「まだ、そんな寝言を言ってんのか！　しっかりしろ！」

水と一緒に流れてくる木の枝や石や割れたガラスやアルミの破片などが、みちるにあたらないように腕の中に抱き込みながら、是光はわめいた。

「どこへ行くつもりか知らねーが、そこにはヒカルは確実にいねー！　おまえが言ったんだぞ！　ヒカルは俺の中にいるって！　だったら、俺の言葉をヒカルの言葉と思って、聞けっ！」

是光の勢いに、みちるがびくっとし、声をつまらせる。是光は唾がかかりそうな距離《きょり》で、睨みつけた。

「おまえは藤乃じゃないし、六条でもねー！　花里みちるだ！　なんで十何年間も花里みちるやってきて、今さら他の女に変わらなきゃなんねーんだよっ」

みちるの顔が大きくゆがむ。藤乃に、あなたはわたしではないと否定されたときと同じ、途方《とほう》にくれた子供みたいな顔になり、泣きながら叫んだ。

「み――みちるは、誰にも必要とされてないものっ！　花里みちるって名前だって――誰も呼んでくれない。そんな名前なんて……っ、いらない」

みんな、わたしを級長としか呼ばないから……。

淋しそうに話していたことを思い出し、是光はとっさに声を失った。みちるの顔が、さらに哀しげにゆがむ。

「ヒカルの君も手をはなすとき、『もういい！』って言ったのっ！　お母さんと、同じことを言ったの……っ！　『もういい』——『もういい』って！　みちるのことなんて、誰もいらないんだっっ！」

喉《のど》の奥から絞り上げる悲鳴のような叫びが、是光の胸を抉る。

〝六条〟の思考は理解不能でも、〝みちる〟が感じていた痛みや渇望《かつぼう》は、子供の頃から周りに避《さ》けられ名前を呼んでくれる友達もなく、母親にまで置いてゆかれた是光には、わかりすぎるくらいわかる。

『もういい』と——憧れ続けてきた相手に拒絶されたとき——それが母親の言葉と重なったときの、みちるの絶望も。

自分は誰からも必要とされない人間なのだと気づかされることが、どれほど辛くて惨《みじ》めなことか。こんな顔でなければ、こんな性格でなければと、自分で自分を切りつけずにいられない悔《くや》しさも、切なさも。

けど、ここで共感してみせても、ならば放っておいてと言われてしまうだけだ。

そうだ、共感なんかしてやらねぇ！

言い訳なんか、認めてやらねぇ！

ヒカルがはりつめた瞳で見守る中、是光はまたみちるを怒鳴りつけた。

「おまえのこと必要としている人間だって、ちゃんといる！　よく聞け！　さっきから、おまえの名前を呼んでるだろっ！」
川の唸りの向こうから、聞こえてくる声。
それは、是光の空耳ではないはずだ。

「――るぅ！」

みちるも耳をすます。
そうして気づいたのだろう。目を見開く。

「みちるー！」

岸辺に明かりが点《とも》っている。
懐中電灯を握りしめた帆夏が、膝をついてしゃがみ込んでいる。ここまで必死に走ってきたのだろう。濡れた髪が頬にはりつき、ずぶぬれの服は、途中で転んだのか胸も太ももの部分も泥だらけで。頬にも額にも泥《どろ》がはねていて、うるんで真っ赤な目で、友達の名前を呼んでいる。心配してる！

みちるの瞳が、唇が——震える。

「ほのちゃ……」

「式部《しきぶ》がなんで今までおまえと一緒にいたのか、本当におまえを見下していたのか、勝手に決めつけるな！　こっからあがって、本人に確かめろ！」

臆病《おくびょう》そうにうつむくみちるから腕をほどき、「木につかまれ！　そのままゆっくり進むんだ！」と、後ろでみちるの体をしっかり支えながら叫ぶ。みちるがのろのろと移動をはじめる。

岸辺で、懐中電灯をかざした帆夏が、息をつめて見つめている。

おい、身を乗り出しすぎだ。おまえまで落ちたらどうするんだ、式部。

しかめっ面で、是光もじりじりと進んでゆく。ささくれだった木の表面で、手の皮がむけ、ひりつく。

岸辺に辿り着いたみちるに、帆夏が手を伸ばす。

みちるは手で木をぎゅっとつかんだまま、こわばった顔で上目遣《うわめづか》いに帆夏と帆夏の手を見ている。まだ迷っているし、躊躇《ためら》っているし、怖がっている。

帆夏が歯を食いしばって身を乗り出し、みちるの手にふれる。

みちるが、びくっと体を震わせる。

あの夜、ヒカルがはなしたみちるの手を、今度は泥だらけの帆夏がしっかりとつかんで、岸へ引き上げる。

その様子を、ヒカルがまぶしいものを見るように、目を細めて見つめていた。そして是光も。

（そうだ。おまえは、その手をはなすな、花里。あきらめるな、しっかり握りかえせ）

体から、ようやく力が抜けかけたとき。

風がいきなり、正面から強く吹き付けた。

「わ！」

上半身が仰向《あおむ》けになる。

「赤城っ！」

「是光！」

水がおおいかぶさるように流れてきて、頭が硬いものにガツンと当たる感触がし、痛みを感じる間もなく、是光はそのまま川に沈んでいった。

六章　ほろほろと藤の花房が……。

(くそっ、ドジったな)

水の中をゆらゆらただよいながら、是光《これみつ》は苦い気持ちでそんなことを考えていた。

(式部《しきぶ》が花里《はなさと》を引っ張り上げたんで、油断《ゆだん》しちまったぜ)

最後の最後で気を抜くなんて。今頃、帆夏《ほのか》はパニクっているのではないか。

(あいつは強気で怒りっぽいくせに、案外泣き虫だから)

涙をぽろぽろこぼしながら怒っている顔が想像できてしまい、胸がズキズキした。まさか自分も川に飛び込んで、是光を捜そうとしたりしなければいいのだが。

ありそうで怖い。

それに、このまま水死体になって発見されたら、きっと小晴《こはる》にもドヤされる。

——どうしてあんたは、次から次へ問題を起こすんだい！　せっかくお行儀《ぎょうぎ》のいい私立の名門高校に、奇跡で合格したのに！　入学式から入院で欠席ってどういうことだい？　赤信号の交差点でトラックにはねられたとか、小学生でもないよ！

ああ、これは、是光が包帯《ほうたい》でぐるぐる巻きのミイラ男みたいになって入院していたときの小晴だ。

こっちだって、高校生になったらまっとうに友人を作って、普通の学生らしく過ごすという計画が、いきなり大幅修正を余儀《よぎ》なくされて落ち込んでるというのに、耳元でぎゃーぎゃーわめくな、デリカシーのないオバさんだとムッとして、

――るせーよ、着替え置いたら帰れ。

と言ったら、耳が千切《ちぎ》れるかと思うほど引っ張られた。

――小晴のやつ。こっちが動けねーからって、いたぶりやがって。くそぉ。くそぉ。

小晴が帰ったあと、やさぐれた気持ちで唸《うな》っていたら、窓際の花瓶《かびん》に花がいけてあるのが目に入った。

枝に咲くすっきりした白い花で、つぼみに産毛のような短い毛が、ぽわぽわと生えて

いる。

病院に白い花って、縁起《えんぎ》悪くねーか。

そんな風に思いながら、そのぽわぽわと、真っ白な花びらを見ていたら、なんだか心の中から、焦《あせ》りや苛立《いらだ》ちが、すーっと消えていった。

じたばたしたって仕方ねーな。

きっとそういう巡り合わせだったんだ。だから、友達もできるときには、ぽろっとできるかもしれねー。

そんな風に、楽観的になることができた。

名前も知らないその花を、是光はそのあとも、ずっと眺《なが》めていたのだった。

そうして、松葉杖をついて登校したゴールデンウイークの前日。

中庭の渡《わた》り廊《ろう》下《か》の柱の陰にたたずむ、綺麗《きれい》な少年に会った。

澄み切った朝の光が、やわらかな髪《かみ》にあたってきらきらと輝いていて、唇《くちびる》も目も鼻も、なにもかもが是光と正反対で、優しく繊細《せんさい》で。

こいつ男か？　女か？　と困惑する是光に、ふくよかな甘い声で、

——赤城《あかぎ》くん。

と呼びかけてきた。

——きみ、一年生の赤城是光くんだろ、今日から登校したんだね？

嬉《うれ》しそうな微笑《ほほえ》みを浮かべて、是光を見つめた。

（ん？　なんだ？　なんでヒカルとのなれそめなんて、延々と思い出してんだ？　死ぬ前に見える走馬燈《そうまとう》ってやつか？　やべー）

まだヒカルの同類になるわけにはいかない。小晴にわめかれるのも、帆夏に泣かれるのもゴメンだ。

焦って、あたりをきょろきょろと見渡す。

「って、どこだ、ここ！」

気がついたら、緑の草木が生《お》い茂《しげ》る、森のような場所に立っていた。

見上げると、頭上には晴れ渡った空が広がり、日射しが明るく降り注いでいる。足元には、紫のすみれや、黄色のたんぽぽや、白詰草《しろつめくさ》が咲いている。

（まさか、噂《うわさ》に聞く天国のお花畑か？）

だとしたら、ますますヤバイ。

こういうときは、先に死んだ身内や親しい人が迎えに来ると聞いている。自分の場合は小学生のときに亡くなった父親だろうか？　それともヒカル？

（ぜってー、ついてかねーぞ）

とにかく、ここから出る方法を考えようと、とりあえず森の中を歩いてゆく。

空気があたたかく、鳥の鳴き声や、川がさらさらと流れる音が聞こえる。えらくのどかだ。踏みしめる草もやわらかく、春の花々が優しく風に揺れている。

（死んでから、こんな場所でゆっくり過ごせるなら悪くねーかも……って――死んでねえから）

ぶんぶんと首を横に振ったとき。

軽やかな笑い声が聞こえた。

（誰かいるのか？）

小鳥のさえずりのように楽しそうな声だった。一人ではなく二人で、朗《ほが》らかにくすくすと笑いあっている。

なんだかこんな目つきの悪い男が、いきなり踏《ふ》み込《こ》んで、怖がらせては申し訳のない幸せな雰囲気《ふんいき》で、木のうしろから、そっとのぞいてみる。

（！）

目の前に広がる光景に、是光は息をのんだ。

木々に絡みつく無数の蔓《つる》に、大量の薄紫の藤《ふじ》の花房《はなぶさ》が垂れ下がり、風が吹くごとに小さな花びらを、ほろほろまき散らしながら揺れている。

こぼれる花びらが日射しの中で優しくきらめき、その上からあらたな藤の花びらが、またほろほろとこぼれ落ちてゆく。しとやかに、優しく――無限にこのときが続くように、ほろほろと途切《とぎ》れなく。

まるで藤の滝のようだった。

その薄紫の花びらが降り積もる滝壺《たきつぼ》に、十五、六歳の少女と、小学一年生くらいの男の子が、寄《よ》り添《そ》って座っている。

二人は内緒話《ないしょばなし》をしているようで、お互いの耳に顔を近づけ、くすくす笑いあっていた。

二人の顔立ちはよく似ていて、どちらも透きとおるような白い肌と、清らかな瞳と、優しげな唇をしている。背中まで伸びた少女のやわらかな髪が、光を吸い込んで金色に輝いて見え、男の子の髪も、天使の輪のようにきらきらと光っている。

頭上からこぼれる藤の花びらが二人を包み、輝く髪に、細い肩に、広げたスカートの上に、きちんとそろえられた幼い膝《ひざ》の上に、降り積もってゆく。

それは、是光がこれまで見たどんな絵画よりも、どんな映画の一場面よりも、胸を震《ふる》わせる、美しく神聖な光景だった。

男の子の幼い唇に落ちた薄紫の花びらを、少女がほっそりとした白い指でつまみ、優しく微笑む。

男の子が嬉しそうに、にっこり笑う。

お互いがお互いのことを好きでたまらない。一緒にいられて幸福でたまらない。

そんな目で、微笑みあう。

男の子が少女のほうへ身を乗り出して、無邪気《むじゃき》に輝く瞳で言う。

——ねぇ、ぼくとずっと一緒にいてくれる？　だって、ぼくは——さんが、世界で一番大好きなんだもの。

子供らしい願い事に、少女は姉のように優しく答える。

——ずっとは無理よ。春休みが終わったら、——くんは、東京のおうちへ帰らなきゃいけないでしょう。

——帰りたくない。ずっと、ここにいたい。——と一緒にいたい。

——ダメよ。——くんが帰らなかったら、お父さんが哀《かな》しむわ。

――でも。

淋《さび》しそうな男の子の頰《ほお》に、少女がそっと口づける。

大切でたまらない宝物に、ふれるように。

――大丈夫。また、お休みが来たら会えるわ。――くんが、いる間、わたしはいつでもここにいるから。

――次の夏休みも、その次のお休みも、ずっと？

――ええ。ずっと。

男の子の頰に赤みがさし、目が再び喜びに輝きはじめる。

――一緒に、藤の花を見られる？

少女の唇も甘くほころぶ。

――藤は春にしか咲かないけれど、藤に似たお花を二人でさがしましょう。

――うんっ。約束だよ。春は二人で藤の花を見て、藤が散ったら、地面に落ちた藤をさがすんだ。ずっとずっと。えいえんに。

そんな幼い男の子が〝永遠〟などと口にしたのが、微笑ましかったのだろう。

少女が目をなごませ、

――ええ。約束よ。

と、こゆびを差し出す。

けれど男の子は、すっと立ち上がると身をかがめて、少女の唇に幼い唇を重ねた。びっくりして目を見開く少女に、

――男の人と女の人が、ずっと一緒にいますって約束するときは、こうするんでしょ

う？

と、天使のように無垢《むく》な笑顔で言った。
少女が真っ赤な顔で、手を唇にあてる。
男の子が急に心配そうになり、

――まちがってた？

と尋ねると、手をおろし、はにかむように笑った。
――いいえ。でも……他の女の子にしてはダメよ。
男の子が頬を輝かせ、力一杯うなずく。
――わかった！　だから、――さんもして。
少女はまた目を見張り、それからまつげをそっと伏せ、恥じらうように瞳をわずかに泳がせたあと、おずおずと顔を上げ、期待に満ちた表情で待つ男の子の唇に、ほんの一瞬だけ自分の唇を重ねた。

男の子が、真昼の光のように明るく笑う。

――これで来年も、そのまた次も、その次も、ずっとずっと一緒だね！

――ええ。一緒よ。永遠に。

少女が頬を染めたまま、恥ずかしそうに、けれど優しい声でささやく。

――離れている間も、祈《いの》っているわ。――くんが世界で一番幸せになりますようにって。

――なら、ぼくも！　神様にお祈りするよ！　――さんが、うんとうんと幸せで、いつもにこにこ笑っていますようにって。

想いあうことで満たされる、幸福な時間。恥ずかしくて、嬉しくて、神聖で。

絡みあう瞳の甘さに、ますます夢心地《ゆめごこち》になって。

その間も、薄紫の藤の花は風に揺れ、花びらがほろほろとこぼれ落ち、二人の上に、足元に、静かに降り積もってゆくのだ。

たおやかに甘く。ほろほろと優しく。

音もなく流れる、薄紫の藤の滝のように。

その幸せな光景を、是光は胸がしめつけられる思いで見つめていた。

二人の約束は、叶《かな》わない。

そのことを、是光はもう知っている。

少女が、男の子の名を、愛《いと》おしげに呼ぶ。


──ヒカルくん。

少年も、嬉しそうに呼び返す。

──藤乃さん。

風が強く吹き荒れた。

藤の花房が大きく揺れ、視界が紫の藤の花びらで閉ざされる。くるくると舞い踊る藤の花。優しい紫、しとやかな紫、神聖な紫、愛しい紫。

その向こうで、楽しそうにくすくす笑いあう少女の声と、幼い男の子の声――藤乃とヒカルの声が、しだいに遠ざかってゆく。

視界を埋める薄紫の藤の花びらが、しだいに数を減らし、目の前が開けたとき。

少女と男の子の代わりに是光の前に立っていたのは、淡く微笑む十五歳のヒカルだった。

ヒカルは制服の白い半袖シャツにスラックスという姿だった。藤棚に淑やかな花房はひとつもなく、あれだけ降り落ちていた花びらも、消えている。

季節は春から夏に変わっていて、青々とした草が爽《さわ》やかな香りを放ちながら、風にそよいでいる。

「今の、おまえと藤乃か」

是光が話しかけると、ヒカルはあの綺麗で淋しそうな笑みを浮かべたまま、

「うん……」

と答えた。

「この場所で、はじめてあの人に会ったんだ……。藤の花がほろほろこぼれ落ちて、その下にあの人が立っていて、『あなたがヒカルくん？』って、呼びかけてきた。声も綺麗で、天女みたいだと思ったよ」

藤の花びらが降《ふ》り注《そそ》ぐ下でむつみ合っていた二人を、思い出す。

どちらも清らかで、美しくて、幸せそうで。

藤乃は、今の是光たちと同じくらいの年頃だった。今も美しいが、瞳や表情が常に暗い陰りを帯びているのに比べて、明るくみずみずしく、花びらのような唇はずっとほころんでいて、まばゆいほどだった。

あの少女が、薄紫の花びらの向こうから現れて微笑んだら、確かに天女と見間違えるだろう。

一瞬で決まってしまう特別な出会いがあると、藤乃が遠くを見るような哀し気な瞳で語っていた。

ヒカルが一瞬で藤乃に惹《ひ》きつけられたように、藤乃もまた、藤の花びらを髪や肩に降り積もらせて自分を見つめ返す美しい子供に、強く惹かれ、愛しいと思ったのだろう。

きっと自分が見たのは、ヒカルの心の風景だったのだ。

「この頃はまだ、叔母とか甥《おい》とか、義理の母とか息子とか、全然気にしなくてよかった……。毎日、日が暮れるまで藤棚の下でおしゃべりしたり、そのまま藤の花びらに埋もれて眠っちゃったり、二人で花の名前を調べながら森の中を歩いたり……川で服のままびしょ濡《ぬ》れになって遊んだりしたな……」

笑いあう、少女と子供。

次の春も、その次の春も、一緒に藤を見ようという約束。

永遠の誓《ちか》い。

それは無邪気で純粋で——けれど、真剣で。

——約束だよ。

——ええ、約束よ。

藤乃は、昔から今のように暗い陰りをまとった哀しげな女ではなかった。

いきなり大人になったのではない。晴れやかな少女時代があり、ヒカルとの間に積み重ねてきた歴史があった。見ている是光の胸が切ない甘さでいっぱいになってしまうほど、優しく幸せな歴史が。

藤乃がヒカルを遠ざけるようになり、言葉を交わすこともできずに苦しんでいた間、ヒカルはこの心の部屋のドアを開けて、昔を懐《なつ》かしんでいたのかもしれない。

そうして、あの美しい日には決して戻れないことを自覚し、胸が裂《さ》けそうな思いも味わったのだろう。

藤乃が是光に見せたのと同じ遠い目で、ヒカルが語る。

「ぼくが熱を出したとき、あの人はつきっきりで看病してくれて……寝ているぼくに、キスしてくれた……だからぼくも、疲れて眠ってしまったあの人に……こっそりキスしたんだ」

「おまえ、ガキの頃からエロかったんだな」

「好きな人にはキスしたくなるでしょう。普通だよ」

「指切りの代わりに、キスするのが普通かよ」

「だって本当に、約束をするときはキスするものだと思っていたんだもの」

「知らねーふりしてただけじゃねーのか」

疑わしそうに言ってやると、

「違うよー。そんなに腹黒い子供じゃないよ」

と否定する。

「けど、他の女とキスしねーって約束、おまえ、守らなかったよな」

そこを突っ込むと、うっと声をつまらせ、

「あれは、約束のときにキスしちゃダメって意味かと思って……」

「小三のとき、裏庭の告白スポットで、花の指輪贈って永遠の愛を誓ってキスしてなかったか」

「してない！　キスはしてないよ！」

「ずっとか」

「えっと……成長してからは、それなりに……だってあの人は父と結婚してしまって、約束は無効っていうか」

「やっぱりエロ王子だ」

「エロって言わないでよー！　ハーレム皇子《おうじ》のほうがマシだよ」

ヒカルは騒がしく叫んだあと、ふっと暗い目になり、うつむいた。

「……だから、ぼくたちの願いは、叶わなかったのかな」

低い声で、哀しそうにつぶやく。

「一生、あの人としかキスしなかったら、いつまでも二人で一緒にいられたかかな」

是光は胸がズキッとした。

ヒカルと藤乃の約束は、男と女としては、一生叶わない。

だからこそ、二人ともあんなに苦しまなければならなかったのだから。

藤乃が言うように、出会い自体が不幸だったのだ。

うつむいたままのヒカルに、是光は硬い声で言った。

「……おまえ、藤乃に手紙をもらったとき、わかってたんだろ。藤乃がどんなつもりでおまえを呼び出したのか」

「……」

ヒカルはしばらく唇を噛《か》んでいたが、やがて静かに語り出した。

おそらくヒカルもその話をしたくて、是光をこんな場所へ引っ張り込んだのだろうから……。

「……中等部の終わりに別荘で、あの人に徹底的《てっていてき》に拒絶されたとき、ずいぶん荒れたし、風邪薬《かぜぐすり》をイッキのみしたり、夜中にプールで泳いで溺《おぼ》れかけたり、手首を切ったり、無茶して救急車を呼ばれて死にかけたりもして大変だった」

「さらりと言うなよ」

月夜子《つやこ》がずっと気にしていたリストカットの痕《あと》は、その頃つけたものなのだろう。噂になっていないところを見ると、手当は自分でしたのか？　そう簡単には人は死なないものだから。

それでも、ヒカルは一人で苦しみ、もがいていたのだろう。大勢の女の子たちとつきあっていても、藤乃はヒカルにとって最愛で、はじまりで、唯一無二の花だったから。

「けど、春休みに、おじいさんを助けるためにトラックに飛び込むきみを見て、彼と友達になれたら、いい方向に変われるんじゃないかって、希望がわいたんだ」

「なんで、いきなりそうくる」

是光は鼻の頭に皺《しわ》を寄せた。

こっちは包帯でぐるぐる巻きで、小晴に怒鳴《どな》られ、入学式にも出られず大変だったのだ。トラックにぶつかって跳ね飛ばされる同世代の少年を見たら、人は明るい未来を描けるものなのか。

ヒカルは静かに微笑んで、

「本当に、きみがきっかけだったんだよ。僕が葵《あおい》さんと本気でつきあおうと決めたのも全部……。あの人に子供ができたことを知ったのは、きみが登校する数日前で、まさか自分の子かもしれないなんて考えもしなかったから、やっぱり胸が裂けそうだったけど、ああ、これで本当に終わるんだなって……思った。僕はきみと友達になって、これからは葵さん一人を大事に守ってゆくんだなって……」

遠い夢を見るように、つぶやく。

「ゴールデンウイークに別荘へ行く前に、葵さんへの誕生日プレゼントの手配もすませた。別荘にはあの人も来ていて、ぼくはあの人に、葵さんとつきあうことを伝えた。それで全部終わると思った。ぼくもあの人も、ようやく長い苦しみから解放されるって。けどね」

ヒカルの顔から、さっと笑みが消え、瞳に暗い影が落ちる。

「あの人は、ちっとも喜んでいなかった」

ヒカルの声の低さに、是光もひやっとする。

「それどころか、絶望したように、僕を見ていた」

藤乃の表情が、是光はたやすく想像できた。

それはきっと、今ヒカルが浮かべているのとまったく同じ表情だろうから。

暗黒に突き落とされたような、底の見えない真っ暗な眼差《まなざ》し。こわばり凍《こお》りついた頬。かすかに震える唇。

ヒカルが懺悔《ざんげ》するように両手を握りしめ、がくりとうなだれる。

「そのときね、是光……っ。ぼくはあの人の目に浮かぶ絶望に、魂《たましい》が体から飛び出してしまいそうなほど惹きつけられてしまったんだ……っ。葵さんと未来を歩いてゆくと決意したのに——それで心があたたかく満たされたのに、今度こそあの人を忘れられると思ったのに。ぼくもあの人も、許され、解き放たれ、幸せになれると思ったのに」

救いを取り上げられた人間の悲痛な声が、是光の胸を切り裂いてゆく。

ヒカルは葵を愛していただろう。葵との未来を、心から望んでいただろう。

(それでも、ダメだったのか?)

是光もまたヒカルが感じている絶望を味わいながら、胸の中で問いかける。

「あの人に責めるような目で見つめられて、ぼくはわかってしまった。苦しみはまだ続いてゆくんだって。たとえぼくがこの先誰とつきあっても、誰をどれだけ愛しても、ぼくもあの人も、お互いを断ち切ることなんてできないんだって。あの人の真っ暗な眼差しに強烈に引き寄せられたあの瞬間に、また思い知らされてしまった。忘れるなんて絶対に無理なんだって」

二人が似すぎているのは、お互いを想いすぎてしまったから。

それほどの強い恋は、呪《のろ》いなのだと藤乃は言っていた。

水面に映る美しい自分の姿に恋をしたナルキッソスは、叶わぬ恋に憔悴《しょうすい》し、一輪の花に姿を変えた。けど、終わりを迎えることができたナルキッソスは、幸せだ。もう苦しまずにすむのだから。

ヒカルと藤乃の恋は、果てがない。お互いが相手の最愛であることを知りすぎてしまっている。だから、どんなに苦しくても思いきれない。新しい希望が、新しい絶望に変わってゆく。

それを認識させられて、ヒカルはぼろぼろに疲れはてていたのだろう。

一度希望を抱いただけに、絶望はいつもよりも深かった。それこそ、生きたまま内臓《ないぞう》を食いちぎられ、それでも生き続けなければならないほどに。

月夜子が感じた不安も、朝衣《あさい》の予想も、あたっていた。

ヒカルは死にたがっていたのだ。

「夜中に川辺で、あの人にナイフを向けられて、『何故《なぜ》、決めてしまったの』と言われたとき、その言葉が葵さんへの嫉妬《しっと》からなら、まだよかった。けど、そうじゃなかった」

──何故、決めてしまったの。


雨と風が吹き荒れる暗い川のほとりで、ナイフをヒカルに向けて、ささやいた藤乃。

何故決めてしまったの？ そんなことをしても、無駄《むだ》なのに。

この上、また絶望を重ねるの？

「ぼくらの苦しみを終わらせるには、もうお互いの存在をこの世から消し去るしかないと、あの人は思いつめていたんだ。ぼくも……同じ気持ちだった……。ぼくが川に落ちて流される直前、ぼくの手をつかんで引き留めてくれたのは、あの人だと思っていた。女の人の力で男のぼくを引き上げるのは無理だし、このままだと、あの人まで川へ落ちてしまう。それに、もしぼくが岸に上がることができて、命をとりとめても、ぼくもあの人もまた同じ後悔をして、同じ苦しみを味わうことはわかっていた。だから……」

是光が呻《うめ》く。

「もういいって──言ったんだな、おまえは」

きっと、安らかに微笑んで。

そうして、手を、はなしたのだ。

それが、あの嵐の夜に起こったすべてで、ヒカルが最後まで是光に隠していたすべてだった。

ヒカルが苦しそうに眉根《まゆね》を寄せる。

「結局、死んでも、なにも終わっていなかった。お葬式《そうしき》でみんなが泣いていて、葵さんはぼくの遺影《いえい》に向かって『嘘《うそ》つき』って叫んで……あの人は——笑っていた。ぼくがこの世から消えても、なにひとつ変わらない。苦しみはまだまだ続いてゆく。ぼくが死んだことで、救いだと思っていたことさえ救いではないのだとあの人もまた知ってしまった。あの人の中のぼくは呪いのままで……だから、笑うしかなかったんだ」

告別式で見た、藤乃の笑みを思い出す。

白い頬に涙がこぼれて、なのに唇はほころんでいて。

おだやかで、安らかで、嬉しげな笑み——。けど、あれは喜びの笑みではなかったと、藤乃の苦しみを目の当たりにし、その告白を聞いた今ならばわかる。

ヒカルの言うように、藤乃は笑うしかなかったのだ。

同じ罪を背負ったヒカルは、屍《しかばね》になってしまった。

それでもまだ、救われない。

まだ、執着《しゅうちゃく》が捨てられない。

なにも終わっていない。

それを思い知らされて、この哀しみと苦しみこそが、自分にとっての日常なのだと笑うより他に、心を保てなかった。

葵が哀しみを怒りに変えることでヒカルの死を忘れようとしたように。藤乃は、罪に責めさいなまれ続ける未来を受け入れることで、精神の崩壊《ほうかい》をかろうじて避《さ》けた。

藤乃と葵——ヒカルを失った花たちの哀しみが、是光をたまらなく切ない気持ちにさせて、

「バカヤロウ」

険《けわ》しい声で、唸っていた。

「なんで、『もういい』なんて、あきらめたりしたんだ。葵に誕生日のプレゼントを渡そうとしたときも、おまえ、途中で『もういい』って、投げ出そうとしたよな。全然よくねーよ」

——是光……もういい。

——もう、いいんだ。

かたくなな葵への必死のアプローチが、傷ついていた葵を追いつめてしまったことを知って、ヒカルは淋しそうな淡い笑みを浮かべて、そうささやいたのだ。

もう幽霊の自分は、葵を幸せにすることはできないのだからと。

そんなヒカルに、是光は屋上《おくじょう》で、俺がおまえの気持ちを伝えてやるからあきらめるなと叫んだのだ。

ヒカルが憂《うれ》いのにじむ声でつぶやく。

「そうだね。よくなかったね。ぼくは、あの夜、ぼくをつかんでくれた手をはなすべきじゃなかったし、ぎりぎりまであがくべきだった。きみと、もっと早くに友達になれていたら、結末は変わっていたかもしれない。葵さんにプレゼントを渡したときみたいに最後まであきらめないで、あの人の心を救うことができて、ぼくは今もまだ生きていたかもしれない」

哀しそうな目をしたあと、大人びた、しっかりした顔つきになった。

「でも。それは今さら言っても仕方のないことだ。これからのことを考えよう」

前向きな声だった。

あれから一度も、ヒカルは『もういい』とは言わなかった。

だから是光も言った。

「そうだ、こんなとこでうだうだ話してらんねー。戻っておまえの気持ちを、おまえの最愛の女に伝えなきゃ」

あの日、屋上で交わした言葉。

おまえが頼むと言ったら、俺が必ずやりとげてみせると。

あのとき、おずおずと向けられていた眼差しが、今は強い信頼とともに、まっすぐに是光を見つめる。

「頼んだよ、是光」

「おう、任せろ！」

是光も、あのときにはできなかった、とびきりの笑顔で告げた。

◇　◇　◇

「赤城！　起きて！　赤城！」

最初に耳に飛び込んできたのは、是光に必死に呼びかける帆夏の声だった。

やわらかな毛布に包まれているという感覚とともに目を開けると、外ではなく部屋の中で、帆夏が眉をキッとつり上げ、懸命《けんめい》に泣くのを我慢《がまん》しているような――弱気と強気が入り交じった顔で、是光を見おろしていた。その顔を見て、

（ああ、戻って来れたんだな）

とホッとした。

太陽に向かって咲く愛の花――。紫のヘリオトロープ。

是光の花だ。

「式部……」

頬と口の端を、自然とゆるめると、

「バ――」

半ベソで怒鳴りかけていたのが頬を赤くし、声をつまらせてしまう。

「是光お兄ちゃんっ！」

そんな帆夏を押しのけて、是光にすがりついてきたのは、紫織子《しおりこ》だった。

「よかった！　是光お兄ちゃんの目が覚めて。式部さんだけじゃなく、しーこも是光お兄ちゃんのこと、一生懸命呼んでたんだよっ。今、たまたま式部さんが、乱暴に是光お兄ちゃんの横でわめいただけなんだよ！　しーこのほうが、たくさん是光お兄ちゃんの名前を呼んだんだから！」

是光の首筋に顔を埋めて、わんわん泣きながら訴《うった》える。

「無事だったんだな、しーこ」

またホッとして、手のひら全部で頭を撫《な》でると、紫織子が顔を上げて、大きな目を涙でいっぱいにし、頬を思いきりふくらませて睨《にら》んできた。

「どーして助けに来てくれなかったのっ！　しーこは、是光お兄ちゃんに助けてほしかったのに！　手も足も縛《しば》られて、口にもガムテープとかべったりはられて、金庫に閉じこめられて、息が苦しくって、死んじゃいそうで、けど絶対に是光お兄ちゃんが来てくれるって信じてたのに！　なのに、なのに、なのにっっ——こんな人に助けられたくなかったよぉぉぉぉぉっ！」

うわーんと泣きながら、悔《くや》しそうに指さしたその先で『こんな人』と嫌そうに言われた頭条《とうじょう》が、弱りきった顔をしている。

紫織子は彼に救出されたらしい。

仲良しのこるりが頭条の家へ行ってしまって以来、頭条のことを人さらいのように嫌っていたので、そんな相手に借りを作ってしまったのが、悔しいのだろう。

「是光お兄ちゃんが来てくれたって思ったから、意識が戻るなり、こいつに抱きついちゃったんだよっ！　もう最低っ！　身も心も汚《けが》された！　消毒して！」

「赤城、俺は誓ってなにも」

頭条が慌《あわ》てて言う。

「ああ、わかってる。しーこを助けてくれてありがとう。頭条センパイ」

是光が頭条を『センパイ』と呼んだのははじめてで、頭条が面食《めんく》らう。

「きみに『センパイ』と呼ばれる日が来るとはな……」

「しーこも、ちゃんと礼を言え」

「う……ありがとう。でもっ！　あたしをダッコして運んだのは許せない〰〰〰〰っ。是光お兄ちゃんにお姫様ダッコされてるって思って、目を閉じている間ドキドキしてたのに！　ガムテープはがすときも、乱暴で痛かったぁ！」

「それは、俺じゃなくて朝衣が――」

頭条が視線を向けた先で、口をむっつり閉じていたのは朝衣だった。

「いっきにはがしたほうが、痛みが一瞬ですむでしょう」

と愛想《あいそ》のない声で言う。

さらにその横で、

「……朝ちゃん。だから、わたしがそっとはがしてあげてくださいってお願いしたのに」

「ふふ、朝衣さんって細かそうに見えて、意外とおおざっぱだから」

「あ〜、朝の宮って、そんな感じですね〜」

「うんうん。朝衣ちゃんは昔からデリカシーがないよぉぉ」

葵に月夜子、ひいなに加えて、一朱《かずあき》までいるのに、是光は唖然《あぜん》とした。

「あなたたちにデリカシーがないと、非難されたくないわ」

と眉を冷ややかにひそめながら、朝衣が是光に向かって説明したところによると、頭条と朝衣、葵が、紫織子を救出している間に、月夜子とひいながが川へ行った是光たちの後を追い、一朱はそのあと合流したという。

是光を川から引き上げたのは、ミコトが呼んだ救助隊らしい。

紫織子が無事に保護されたことは、昨日のうちに是光の家族に連絡済みだという。家族というのが叔母の小晴なのか、祖父の正風《まさかぜ》なのか、気になった。正風だったら大変だ。そんな一大事を何故自分にだけ隠していたのかと、怒り狂っているだろう。

ミコトと藤乃、それにみちるは姿が見えない。

藤乃とみちるはそれぞれ別室で休んでいると、朝衣のあとから帆夏が説明する。ミコトは藤乃に付き添っているという。

「花里は?」

「赤城が庇《かば》ってくれたから怪我《けが》はないよ。みちる、ずっと寝てなかったみたいで、今はぐっすり眠ってる」

帆夏が翳《かげ》りのある顔で言う。

けど、すぐに小さく笑って、

「赤城の目が覚めて安心したから、あたしはみちるのところへ行くね。みちるが目を覚ましたとき、近くにいてあげたいから」

「おう……そうしてやれ」

「うん。またあとでね」

と出て行った。

よく見ると帆夏の目が赤いことに、そのとき気づいた。

帆夏だけでなく、葵も朝衣も月夜子も、是光の上に乗っかって「式部さんは、もう戻ってこなくていいよ」と、ふくれっ面をしている紫織子も。そして、葵たちの横にひっそりと立って、儚《はかな》げな眼差しで是光を見つめている夕《ゆう》雨も、みんな目が赤い。

(ずいぶん、心配をかけちまったんだな……)

胸がズキッとし、同時に、自分にも心配してくれる相手がいつの間にかこんなにできていたことに、体がじんわりとあたたかくなった。

「本当に、ぼくも、すごくすごく心配したんだよぉぉぉ、赤城くん！　こんな田舎《いなか》の別荘じゃ、ろくな医者も呼べないし、ヘリで帝門《みかど》所有の病院へ運ぶべきだって、ぼくがなんべん言っても、朝衣ちゃんが意地悪《いじわる》して却下するし。赤城くんが死んじゃったら、朝衣ちゃんのせいだよぉぉっ。でも、生き返ってくれてよかったぁぁ！　ぼくが友情パワーを送ったおかげだねぇぇ！」

友情パワーとはどんなもので、どんな方法で送っていたのか考えるのはやめようと、

是光は即座に思った。けど一朱は是光が目覚めて、友情パワーに確信を持ったのか、

「赤城くんが元気になるように、友情パワーをもっともっとわけてあげるねぇっ！」

と、紫織子の反対側から、是光に抱きついてきた。

「うぉ！」

あんまりびっくりして、体を起こす。

ベッドからずり落ちそうになった紫織子が、

「やんっ」

と叫ぶ。

「おまえ、こら、よせ」

「恥ずかしがらなくても、友達ならこれくらいフツーだよ」

一朱は首っ玉にしがみついて、離れない。

（つか、おまえがフツーじゃねー！）

是光が強引《ごういん》に押しやろうとしたとき。

「……一朱さん。赤城くんと友達になりたいなら……そういうの……よくないと……思う」

みんなの視線が、声の主に集まる。

儚げな眼差しで一朱を見つめていたのは、なんと夕雨だった。

(今のは、夕雨が言ったんだよな！)

言われた一朱も、夕雨に平手打ちをくらったときと同様に、ぽかんとしている。

夕雨に片想いしていた頭条も、目をむいている。

「自分の気持ちを……押しつけるだけじゃなくて……友達、なら……赤城くんのことも……ちゃんと……考えなきゃ……」

声は小さくて途切れがちだったが、耳に聞こえないということもなく、しっかりしていた。

一朱がカァッと赤くなる。是光からぱっと離れ、

「そ、そんなことわかってるよっ！　夕雨ちゃんのくせに、エラソーに指図《さしず》しないでよっ。だいたいぼくのほうが、ずぅっと年上でお金持ちで、元・引きこもりの夕雨ちゃんより、社交性だってずっとずっとあるんだからっ！」

と、ぷんすかした。

いまだに一朱に恐怖心を抱《いだ》いている月夜子や、同じく一朱を警戒《けいかい》している葵が、驚《おどろ》きと賞賛の眼差しを夕雨へ向ける。

朝衣はムッとし、ひいなはおかしそうに微笑んでいる。

(夕雨は……強くなったな)

胸が熱くなるような嬉しさとともに、是光は実感した。

（俺が世話《せわ》を焼かなくても、もう大丈夫だな）

掛《か》け布団《ぶとん》を払ってベッドから足をおろすと、葵が心配そうに、

「赤城くん。まだ休んでらしたほうが」

と言った。

「そうよ。無理はしないほうがいいわ」

月夜子も止める。

是光は彼女たちの後ろへ視線を向けた。

そこに是光の友人が、やわらかな表情を浮かべて、ずっと立っている。

是光と目があうと、口元をほんの少しゆるめた。

「体はもう平気だ。まだやらなきゃならないことが残ってる」

葵たちに向かって、強く清々《すがすが》しい気持ちで宣言する。

「友達と約束したんだ」

◇　　◇　　◇

藤乃は部屋にいなかった。

朝衣が手配してくれた車で、ヒカルの母の実家があった場所まで行き、そこから歩い

て、近くの森へ向かう。

　これからさらに厳しい冬に向かおうとしている森は、木々が紅葉し、足元に落ちた葉が茶色く乾いて、かさかさと淋しげな音を立て、空気もシンとして冷たい。けれど頭上から降る光は、まぶしく透明だ。

　是光の隣《となり》を、ヒカルがその日射しのように澄んだ眼差しで歩いている。

　やがて是光の目に、意識を失っている間にヒカルの心の部屋で見たのと同じ風景が、見えてきた。

　視界が開けた先に、野生の藤の棚があり、その下に、髪をおろした藤乃が是光に背を向けて座っている。

　藤乃の後ろに静かに立っていたミコトが是光に気づいて、足音を立てずに藤乃から離れる。

　メールで藤乃の行き先を確認した是光に、この場所を教えてくれたのもミコトだった。長い年月、許されない恋に苦しむ藤乃を見つめ続けてきたミコトは、どんな想いを胸に秘めていたのか……。

　是光も足音を忍ばせて進む。

　ミコトとすれ違う一瞬、目と目を見交わす。

　是光はミコトに向かって、小さくうなずいてみせた。ミコトも清涼感のある瞳で『お願いします』と告げる。

是光が夢で見たとき、あおあおとした蔓に鈴なりに咲き、風が吹くたび薄紫の花びらをほろほろと振りまいていた藤の花房は今はなく、茶色い蔓がわずかに残っているのみだった。なにもない空間を哀しげに見つめる藤乃のかたわらで、是光は足を止めた。

「ここではじめて、ヒカルと会ったんだよな。あんたのこと、天女だと思ったってヒカルは言ってた」

白いうなじと細い肩が、かすかに揺れる。

藤乃はうるんだ瞳で前を見たまま、黙っていた。

「……」

「ヒカルと、川で服がびしょ濡れになるのもかまわず遊んだよな」

「……」

「花の名前を調べながら、森の中を歩いたよな」

「……」

「ヒカルが熱出したとき、つきっきりで看病をしたよな」

「……」

「ヒカルとずっと一緒にいるって約束を――」

「どうしてそんなこと、言うの」

藤乃がようやく口を開いた。

問いかける声は苦しそうに掠《かす》れていて、もう放っておいてほしいという哀願がこもっていた。瞳が切なげに震えている。

そんな藤乃を見つめるヒカルの表情も、哀しげだ。

是光は真面目《まじめ》な声で言った。

「あんたに思い出してほしいからだ。ヒカルと一緒にいて、辛《つら》いだけじゃなかったってことを」

藤乃が肩にかけていたショールを引き寄せ、身を縮め、うつむく。弱々しい声が、青ざめた唇から漏《も》れる。

「今朝……帝門の本家から連絡があったわ。夫が一命をとりとめたの……」

よかったじゃねーかと言いかけて、藤乃の目がひどく暗いのに気づき、是光は言葉を飲み込んだ。

「なのに、わたしは申し訳なくて、あの人のところへ戻れない。弘華《ひろか》さんが……夫が書いた遺言状《ゆいごんじょう》を持ってきてくれて……それを読んだわ。あの人は……わたしとヒカルくんのこと、全部知っていた」

ヒカルが息をのむ。是光も茫然《ぼうぜん》とした。

（ヒカルの親父が、知ってただって！）

それは、自分の妻と息子の間に男女の関係があったということをか？　妻のおなかにいる子供が、自分の子ではなく、息子の子供である可能性があるということをか？

ヒカルは目を大きく見開いたまま、顔をこわばらせている。

藤乃が眉根を寄せ、罪悪感《ざいあくかん》で消え入りそうな様子で身を縮《ちぢ》める。

「なのに……わたしを責めもせずに、わたしとヒカルくんを引き裂いてしまったことを、何度も謝っていた。わたしとヒカルくんが一緒にいるとき、とても幸せそうで、まるでヒカルくんのお母さんが生きているみたいに思えたって。だから、わたしとヒカルくんがずっと一緒にいられるように、わたしと結婚したのだって……。桐世《きりよ》姉さんにそっくりのわたしと、姉さんが残したヒカルくんを、自分が守りたかったんだって……。おなかの子供も、どんな場合でも……帝門の総帥《そうすい》の実子として認知するって……」

告白する藤乃の声は、救いようのない絶望と苦しみに満ちていて、聞いている是光の胸も、抉《えぐ》られるようだった。

ヒカルも、藤乃が語った衝撃的《しょうげきてき》な事実に打ちのめされ、立ちつくしている。

妻と息子の関係を、ヒカルの父はいつ知ったのだろう。

どんな思いで見ていたのだろう。何故、許せたのだろう。

この世でもっとも愛する者たちの、歪《ゆが》んだ裏切《うらぎ》りを――。

藤乃が震える体を、かき抱く。

「誰も……わたしを裁《さば》いてくれない。ヒカルくんも……わたしに直接手を下させないために、自分から死んだの……。わたしに罰《ばつ》を与えてくれる人は、もう誰もいない……」

罪を認め、罪におののき、罪に苦しみながら、裁く人もいない。罰も赦《ゆる》しも与えられないまま生きることの恐怖に、藤乃は絶望していた。

白い頬は青ざめ、目は暗い翳りでいっぱいで、体だけではなく唇も震えている。

藤乃とヒカルが犯した罪は深い。それを、今さらなかったことにはできない。

けど。

「罰ならじゅうぶん受けてる。あんたはヒカルが死んだあとも、生き続けなきゃならないんだから」

重い口を開いて、腹の底から声を絞り出す。

そんな是光の隣で、ヒカルも背筋をのばし、真剣な表情で唇を引き結ぶ。

ヒカル、俺の言葉は間違ってねーな、おまえはそう藤乃に言いたかったんだよな、そのために地上にしがみついていたんだよな。

心の中で確認しながら、張りつめた空気の中で、ひと言、ひと言、言葉を紡《つむ》いでゆく。

「必要以上に自分を縛るな。ヒカルとのすべてを、呪いにするな」

「……」

藤乃はうつむいたまま動かない。どんな言葉も、今の藤乃の心には届かない。藤乃自身が救いを拒んでいるから。

だから是光は尋ねた。

「なんで、あんたは、俺と会いたかったんだ。王野《おうの》ミコトを使いに出して、俺と連絡をとろうとしたんだ」

藤乃のまつげが少しだけ震え、ショールをつかんでいる指が、ぴくりとする。

「あんたが否定したヒカルの存在を、ヒカルの友達の俺に、肯定《こうてい》してほしかったからじゃないのか」

生まれてこなければよかったと、藤乃はヒカルを全否定した。

唸りを上げて流れる夜の川の岸辺で、青ざめた顔と、真っ暗な瞳で。

でも本当は。

「ヒカルがいてよかったと、言ってほしかったからじゃないのか？ ヒカルにも幸せな時間があったことを、誰かに教えてほしかったんじゃないのか」

かたくなに目を伏せ唇を結ぶ藤乃に、胸を熱くしながら、目に力を込めながら、強い口調で問いかけ、言い放つ。

「だから話してやる。ヒカルはむくわれない恋をしていて、すげー辛かったし、苦しかった。けど、たくさんの花に会ったし、その花を大切にした」

ヒカルがどんな風に愛したか。

どんな風に生きたか。

「ヒカルの幼なじみの白いタチアオイを、あんたも知ってるだろう。ヒカルは嫌われるのが怖くて、ずっと手を出せずにいた。そのせいでヒカルに愛されてないって思い込んで、ヒカルの葬式で、ヒカルの遺影に向かってわめき散らしたりしたけど、ヒカルはちゃんとタチアオイを大切に想っていた。タチオアイの誕生日にプレゼントを七つも用意していて、告白しようって計画を立てていた。プレゼントは、あいつの代わりに俺が渡した。タチアオイはすげー嬉しそうで、最後はぽろぽろ泣きながら、ヒカルのことが子供の頃からずっと好きだったって——繰《く》り返《かえ》していた。ヒカルの気持ちは、しっかり伝わったんだ」

——大好きでした、ヒカル……。大好き、大好き……大好き。

流れる星のようにきらめく噴水を見上げ、唇に両手をあて、ヒカルへの想いでいっぱいになりながら、大好きとつぶやいていた葵。

ヒカルの大事な、真っ白なタチアオイ。

ヒカルの〝希望〟——。

「学校でいじめられて、ボロボロのアパートに引きこもってた夕顔も、ヒカルに救われてた。ヒカルはそいつのところに通って、外には綺麗な花がいっぱい咲いているってことを教えてやったんだ。その夕顔は、今、自分の足できっちり立って、自分の言葉を堂々と口にしている！」

ヒカルの〝癒《いや》し〟だった、夜に咲く儚い夕顔。

彼女にとっても、ヒカルとのおだやかな優しい時間は、淋しい心の慰《なぐさ》めだった。

ヒカルがいたから、夕雨はあの暗い部屋の中で、平和に夢を見ていられた。外の世界へ思いをはせることができた。そうして、自分の意志で歩き出した。

「ヒカルが家を買い取って世話をしていた紫草は、今は俺の妹だ。女嫌いのじいさんもメロメロで、そいつが来てくれたおかげで、家の中はむちゃくちゃ明るくなった。ヒカルが引き合わせてくれたんだ。そいつのこと、自分みたいに泣けない子にしたくねーって、ヒカルは心配してて。こまっしゃくれて、えらそうにしてても、まだ小さいから、踏みつぶされないように優しく守っていたんだ」

——ヒカル……ありがとう。大好き。

本当は生きているときに言いたかったのだと、是光の腕にしがみつき、是光が見つめるほうを見上げて、涙声でささやいた、ヒカルの〝喜び〟だった女の子。

どんな素敵なレディになるのか、その未来を想像するだけでわくわくするのだと、とろけそうな瞳で話していたヒカル。

「紅《くれない》の枝垂《しだ》れ桜は、ずっと自分のことを醜《みにく》いって思い込んでて、他人の言いなりになってた。けど、まだ花を咲かせる前の——茶色い枝だけだった枝垂れ桜をヒカルが見つけて、いつか花園で一番綺麗な花を咲かせるって、教えてやったんだ。その花は今じゃ、みんなが立ち止まって見惚《みほ》れるような紅い花で枝をいっぱいにしている。ヒカルが、咲かせたんだ！　その枝垂れ桜は、神様が別の運命を用意してくれても、この運命を選ぶって、笑いながら断言してた！」

——夢中でヒカルに恋をしたわ。

——ヒカルのあの言葉で、わたしは紅の舞姫になれたの。

朗らかな微笑みを常に紅い唇にたたえた、ヒカルの〝誇《ほこ》り〟。

あんな綺麗な女の子はいないと、是光に向かって語るヒカルの眼差しが、どれほど輝いていたか。

花に向き合うとき、ヒカルはどんなときでも本気だった。

自分が出会った花たちを心から愛し、花の言葉に耳を傾け、愛情という名の水を惜しみなく注いだ。

「ネットで見つけたサフランは、本当はベニバナで、顔も見たこともねーそいつのことだってヒカルは大好きで、真面目で優しくてユニークで、謎《なぞ》めいてるところが魅力的《みりょくてき》なんだって、俺にのろけてた。サフランはヒカルのこと『ポーラスター』って呼んでて、もし会ったら、きっと好きになってたって言ってた」

ポーラスターくんの外見じゃなくて心を好きになったんだから、顔は知らなくてもいい。わたしの中で、ポーラスターくんは世界一の美少年なんだからと、胸にオレンジのサンストーンのブローチをきらめかせ、明るい声で言い放ったベニ――ヒカルの優しい〝謎〟。

ベニのあの個性的すぎる顔を見ても、まるで動じず、『可愛《かわい》いじゃないか！』と本気で大絶賛したヒカルを、こいつはただのタラシのハーレム皇子ではないと見直し、男の中の男だと思った。

「ヒカルの一番近くにいた朝顔は、ヒカルを守るために、ツチノコパークを作る夢を捨てて、あんな陰謀《いんぼう》大好きな権力者になったんだ。あのムカツク朝顔が、本当は一途《いちず》で可愛い女だってことも、ちゃんとヒカルは知っていた。小学生の頃、朝顔と冒険に行くって約束をしたんだって！」

——きみは……ヒカルの友達として、わたしにヒカルのメッセージを届けてくれたのね。

次々と花弁を開いてゆく朝顔の群れを、泣きながら見ていた朝衣。ヒカルの〝お守り〟だった、頼もしい少女。

ヒカルがどれだけ、あの居丈高《いたけだか》な幼なじみを気にかけていたか。朝ちゃんは優しい人だよと言い続けていたか。

「あんたに似ている箒木《ははきぎ》のことも、ヒカルは心から想っていた。箒木はあんたと一緒で、ヒカルから逃げ続けたけど、ヒカルは箒木との出会いに心から感謝していたし、箒木も自分がどんだけ魅力的な花かヒカルに教えてもらって、生まれ変わったみたいだって言ってた」

——さようなら、ヒカルくん。

衆人環視《しゅうじんかんし》のキャンパスで、是光に抱きつき、ささやいた、ヒカルの〝憧《あこが》れ〟の空《そら》。

その瞳はどこまでも明るく、表情も真っ青な空のように澄み渡っていて、そんな空を、ヒカルも晴れやかな目で見つめていた。
「あんたに成り代わろうとした橘《たちばな》の花も、悪さばっかしてた虞美人草《ぐびじんそう》も、ヒカルのことが好きすぎて暴走しちまったけど、ヒカルはそんな花のことだって、見捨てたりしなかった」

——是光。ぼくは、花里さんがああなってしまった気持ちも、わかるような気がするんだ。ぼくだってあの人に、父との子供ができたと打ち明けられたとき、気が狂ってしまいそうだったから。だから花里さんが、ぼくにとって、一瞬の〝恵み〟みたいにふわりと懐かしく香る、白くて可愛い橘の花だってことは、変わらないよ。

——お兄さんのこと、申し訳ないけど、仲良くしてあげて。帝門の長男に生まれて、本当の自分を隠しながら生きてきて、お兄さんも辛かったんだよ。

ヒカルが、どんなに一生懸命にあの花たちと関わってきたか。
守ってきたか。
愛してきたか。
ヒカルに愛された花たちが、どれだけ幸福だったたか。

その花たちが美しく咲き誇る様子を見つめるヒカルが、どんなに優しい、幸せそうな眼差しをしていたか。

藤乃はうつむいたまま身をすくめている。瞳は今も深い哀しみに染められている。

が、唇がかすかに動き、必死に絞《しぼ》り出《だ》したような、か細い声が聞こえた。

「本当に……ヒカルくんは幸せだった？」

今にも空気に溶けて消えてしまいそうな声に、藤乃の切実な願いが込められているのを感じて、是光は胸がいっぱいになった。

——離れている間も、祈っているわ。ヒカルくんが世界で一番幸せになりますようにって。

幼いヒカルに、澄んだ優しい声で約束した少女時代の藤乃。

ヒカルにはじめて会ったとき、綺麗で純粋で可愛くて、神様から幸せを約束された天使のようだったと、ミコトに語っていたという。

（あんたは、ずっとヒカルの幸せを、願っていたんだな。その幸せを、自分が壊してし

まったと思っていたんだな)

ふれあえない苦しさよりも、未来が見えない恐怖よりも、藤乃を苦しめ、今もその心をさいなみ続けているもの。

それは、この世で一番大切な相手を、不幸にしてしまったこと。

輝かしいはずだったヒカルの一生を、誰よりヒカルの幸福を望んでいたはずの自分が奪《うば》ったのだと。

出会うべきではなかったのだと。

藤乃がいない世界に、ヒカルは生まれてくるべきだったのだと。

そうすれば、ヒカルは幸せになれたのに。たった十五歳で、生きることに苦しみ、絶望し、命を落とすことはなかったのに。

本当に心から、幸せになってほしいと——世界で一番幸せになってほしいと、ありったけの愛情で、願っていたのに!

伏せた目をうるませ、唇を噛みしめ、肩を震わせる藤乃を、ヒカルが張り裂けそうな瞳で見つめている。

ヒカルの声は、藤乃には聞こえない。

だから、是光が精一杯の気持ちを込めて叫ぶ。

ヒカルの想いを、ヒカルの最愛の花に、大声で伝える。

「ああ！　ヒカルは、幸せだった！」

藤乃はヒカルの辛い顔しか見ていない。それはヒカルの一面にすぎないことを、ヒカルの友達の、俺が伝えなきゃいけない。

ヒカルは不幸だったたって？

ヒカルは生まれてこないほうがよかったたって？

そんなこと絶対ない！

「あんなにたくさんの花から愛されて、全部の花を全力で愛してたやつが、幸せじゃねーわけねー！」

ヒカルが藤乃と約束を交わした藤棚の下で、冬の澄んだ空気を吸い込み、胸いっぱいに叫ぶ。

「俺もっ、ヒカルに会えてよかった！　楽しいことがいっぱいあった！　嬉しいことがいっぱいあったっ！　全部、ヒカルが俺にくれたんだ！」

花の名前なんてろくに知らなかった是光に、ふくよかな甘い声で、合歓《ねむ》の木だの凌霄花《のうぜんかずら》だのの話をして、女の子は花なんだよなどと講釈《こうしやく》をたれて、おかげでヒカルが現れてから、クラスメイトたちから避けられている淋しさなんてちっとも感じなかった。

遊園地だって、プールだって、ヒカルと友達になってなかったら、きっと行けなかった。それから河原《かわら》でヒカルが「是光はぼくの友達だぁ！」と叫んだり、是光がヘタレたとき、慰めてくれたり。是光が文化祭でクラスメイトたちに受け入れてもらえたとき、一緒に喜んでくれたり。

ヒカルがいてよかったことが——幸せだったことが、本当にいっぱいある！

是光の言葉を、ヒカルが泣き出しそうな笑みを浮かべて聞いている。唇がかすかに震え、泣けないはずの瞳がうるんでいる。

藤乃も美しい顔をぎこちなく上げ、ヒカルと同じ濡れた瞳で、是光を見上げた。

その目を熱く見つめ返し、是光は揺るぎなく告げる。

「ヒカルは間違いなく幸せだった！　けど、花のことが心残りで死にきれなかった。だから俺が代理人を引き受けたんだ。あんたが最後だ！」

ヒカルが愛した、藤の花。

ヒカルの最後の心残り。

「ヒカルとずっと一緒にいるって、あんたは約束しただろ。罪でもなんでもヒカルを忘れられないなら、それでいい。ヒカルを覚えていてやってくれ。永遠に、あんたの中に、ヒカルをいさせてやってくれ。あんたの幸せがヒカルの一番の望みだ！」

遠い日。藤棚の下で少女の藤乃を見上げて、夢中で語っていたヒカル。

——ぼくも！　神様にお祈りするよ！　藤乃さんが、うんとうんと幸せで、いつもにこにこ笑っていますようにって。

ヒカルが心の中に、藤乃との幸せな日々を追想する部屋を作ったように、藤乃にも、ヒカルとの幸せな記憶を抱きしめていてほしい。

藤乃の唇が震える。藤棚の下で交わした他愛《たわい》のないやりとりを、藤乃も思い出したのだろうか。喉《のど》をつまらせ、小さく嗚咽《おえつ》し、目をさらにうるませる。

「あんたは生きろ。そうして、あんたが罪も罰も全部抱《かか》えて、それでも笑ってくれたら、ヒカルはもう大丈夫だから！」

祈るような眼差しで、藤乃を見つめているヒカル。

約束も、願いも、もう叶わない。それでも、愛する人が幸福でさえいてくれたら、この出会いをかけがえのないものだったと思ってくれたら——。

藤乃が震え、か細い声が言葉を紡ぐ。

「幸せ……だったわ」

目の縁から、美しい涙が一筋流れる。

「ヒカルくんが、生まれてきてくれて……ヒカルくんに会えて……」

ショールの前で、凍える白い手をぎゅっと握りしめる。森の冷たい空気の中に溶けてゆく声を、是光も——ヒカルも——息をひそめて聞いている。

藤乃の濡れた瞳が、切ないきらめきを帯びる。

「ヒカルくんを、愛していた……わ」

それが、藤乃のもうひとつの気持ち。

藤乃が隠していた、真実——。

苦しくても、否定しても、愛していたと。

約束を交わしたとき、幸せだったと。

ヒカルの瞳から透明な雫《しずく》がこぼれ落ちるのを、是光は見た。藤の花がほろほろと散るように、きらめく水滴が、いくつもいくつも真っ白な頬を伝い、落ちてゆく。

(気づいているか、ヒカル。おまえ、泣いているぞ)

哀しいときに笑ってみせるヒカルが——ぼくは泣けないのだと淋しげにつぶやいていたヒカルが、泣いている。

(ああ、綺麗な涙だ)

紫の藤の滝壺の底で息もできずにもがき続けてきた恋が、ようやくひとつの終末を迎えようとしている。

「ありがとう。ヒカルもこれで、安心して逝《い》ける」

是光は深く頭を下げた。

藤乃が雨のように涙をこぼしながら、愛おしさと哀しみがごちゃ混ぜになった顔で、是光の傍《かたわ》らを見つめる。是光の隣にヒカルがいることに気づいたのだろうか、それとも、藤棚の下で無邪気に戯《たわむ》れる遠い日の自分たちへの言葉だったのだろうか。

声をつまらせて、

「さよなら」

と、ささやいた。

そしてヒカルも、濡れた頰をほころばせて、優しくつぶやき返した。

「さよなら」

◇　◇　◇

涙を流すって、気持ちのいいものだったんだね、是光。

体の中にあった、どろどろした嫌なものが、涙と一緒に全部洗い流されてゆくみたいだった。

今はいろんなことを、とてもすっきりした気持ちで、思い返すことができる。

あの人を愛して胸が裂けそうに辛かったことも、叫びたいほど苦しかったことも。

未来が見えず真っ暗だった日々も、なにもかも。

どうしても断ち切れない想いに、ぼくも、あの人も、藤の滝壺の底でただただ絶望するしかなかった。

あの人を思い切らなきゃいけない。

けど、できない。

鏡を見れば、そこにあの人の哀しそうな顔が映っている。いっそ狂ってしまえたら。

けど、狂いそうに苦しいだけで、実際には完全に狂いきることもできない。

そんなとき学校の帰り道に、前を歩いていた中学生の男の子たちの会話が聞こえてきたんだよ。

片方がしょんぼりとうなだれていて、もう一人がその子の肩を叩いて言うんだ。

「元気出せよ、失恋くらいなんだ。おまえには俺がいるだろ」

「ありがとう……おまえが友達で、よかった」

気がつけば、憧れの眼差しでその二人の背中をじっと見つめていた。

ぼくも友達がほしい。

友達がいれば、こんなとき相談できるのに。この痛みに耐えて、きっと先へ進めるのに。

胸が焦《こ》がれるほど願った。

その願いは現実になって、ぼくはきみに出会ったね、是光。

おじいさんを助けるために、まっすぐにトラックに飛び込んでいった赤い髪の——ぼくと同じ歳くらいの男の子。他人のためにあんな風に一生懸命になれるなんて。強くてあざやかで、ヒーローみたいだと思った。

そうだ、子供の頃、ほしいと思った友達は、ヒーローのような男の子だった！

ぼくは、彼と友達になりたい！　そうすれば、ぼくはきっと変われる。

彼と友達になろう！　変わろう！

そうして、こぶしの花を持って、きみが入院した病院へお見舞いに行ったんだよ。こぶしの花言葉が友情だってことは、もうきみに教えたね。

あんまり緊張《きんちょう》して、花束を受付の人に渡して逃げちゃったけど、きみが登校してきたら、あの花言葉が本当になりますようにって、ぼくは心から祈ったんだよ。

きみと友達になろう——。

そう決めた瞬間、すべてが晴れ渡るような気がした。

見えなかった未来が、はっきりと目の前に広がった。

葵さんと手を繋《つな》いで歩くぼくを、きみはぶすっとした顔で見守っていて。ぼくの言葉に面倒《めんどう》くさそうに応《こた》えながら、ときどき微笑むんだ。すごく優しい目で。

葵さんと恋をしよう。

きみに、ぼくの最愛の人だよって紹介しよう。

そうして、きみの隣には、笑い上戸《じょうご》の明るい女の子がいて、ぼくらは四人で遊ぶんだ。

その夢は叶わなかったし、ぼくはあの嵐の夜の川べりで、葵さんに『嘘つき！』と罵《のの》しられても仕方のないことをして、葵さんだけでなく、たくさんの人たちを悲しませてしまったけれど。

助けを求めるぼくの声に、きみは振り返ってくれた。

ぼくと友達になってくれて、ぼくの心を慰めてくれた花たちに優しいさよならをあげたいという、ぼくの一方的な願いを聞いて、一生懸命に力を貸してくれた。

きみがいてくれて、本当によかった。

ぼくも、ようやく、さよならを言えた。

あの人を愛して苦しんだ日々に。

生まれてはじめて流すあたたかな涙とともに、さよならと。

七章　あなたに恋をしたことを

みちるは二日にわたって眠り続け、その間に家族の要望で、東京の病院へ運ばれた。是光《これみつ》も、あちこちに打撲《だぼく》や裂傷《れっしょう》をこさえていたため、朝衣《あさい》の手配で、みちると同じ病院で数日検査入院をすることになった。

「大げさなんだよ」

と、葵《あおい》や月夜子《つやこ》やクラスメイトたちから次々と部屋に運び込まれる花やフルーツ籠《かご》に、照れ隠しでぼやいて、小晴《こはる》に、

「えらそーにしてんじゃないよ。その歳で何回入院すりゃ気がすむんだい！　最近、おとなしくなったと思ってたのに」

と、また耳を死ぬほど引っ張られた。

紫織子《しおりこ》が誘拐《ゆうかい》されていたことは、正風《まさかぜ》にしっかりバレていて、

「正風おじいちゃん……しーこを危険な目にあわせて、わしにだけ黙ってたって、是光お兄ちゃんのこともものすごく怒ってて……しーこが、是光お兄ちゃんは悪くないよって、

いくら言っても、きいてくれないの。帰ったらヤキを入れてやるって、お庭で素振《すぶ》りをしていて……。是光お兄ちゃん、あと半年くらい入院してたほうが安全かも……」

と、紫織子はりんごをうさぎの形にむきながら、しゅんと肩を落としていた。

（まぁ、仕方ねーな）

是光はすでに覚悟を決めている。むしろ高齢の正風が気合いを入れすぎて、ぎっくり腰などにならなければよいのだが……。

そんな中、みちるが目を覚ました。

午前中、一足先に退院した是光は、帆夏《ほのか》と一緒にみちるの部屋へ見舞《みま》いに行った。みちるはベッドで体を起こして、ほどきっぱなしの髪《かみ》に眼鏡《めがね》で、ぼんやりうつむいていたが、帆夏を見るなりハッと顔を引きつらせ、警戒《けいかい》するように睨《にら》んだ。

帆夏の顔も、こわばる。

（おい、どうするよ）

張りつめた空気に是光が顔をしかめたとき、帆夏が見舞いのケーキの箱を、是光の手に置いた。

「持ってて」

そうして、つかつかとみちるのほうへ歩み寄り、みちるの頬《ほお》を平手打ちした。

鋭《するど》い音に是光はぎょっとし、ケーキの箱を危うく落としかけた。

「おい、式部《しきぶ》――」

止めようとするが、ケーキの箱が邪魔《じゃま》で手を出せない。その間に、帆夏が眉《まゆ》をつり上げ叫んだ。

「あたしが、いつ、みちるを哀《あわ》れんだり引き立て役にした⁉　そんな風に思ったこと、一度もないっ！」

看護師《かんごし》が飛んでくるのではないかとひやひやするような、大声だった。みちるは帆夏に打たれた頬を押さえて悔《くや》しそうに顔をゆがめ、帆夏を睨み返している。

「高等部に進学して、みちると同じクラスになれて嬉《うれ》しかったし、あたしがみちると一緒にいたのは、みちるが友達だったからだよっ。なのに、みちるはそうじゃなかったの？　みちるが、あたしのこと嫌いで、あたしといるのが苦痛だっていうなら、もう――」

いきなりみちるが叫んだ。

「『もういい』って――言わないでっ！」

帆夏がびっくりして黙る。

みちるはくしゃりと顔をゆがめ、両手で耳をふさぎ、幼い子供のように震え出した。

「さ、さっき……お母さんが来て、『もういいわ』って、うんざりした顔で――。お母さんには、優秀で自慢《じまん》の娘のお姉ちゃんがいるから――落ちこぼれのわたしのことなんて『もういい』って――」

絞《しぼ》り出《だ》すような声で、苦しそうに訴える。

――ヒカルの君も手をはなすとき、『もういい！』って言ったの！　お母さんと、同じことを言ったの……っ！

川で是光が助けようとしたときも、同じことを言っていた。

あのときのように肩を震わせ泣き出してしまったみちるを、帆夏が自分も泣きそうな顔で、抱きしめた。

「言わないよ……。ずっと友達だから」

耳をふさぐみちるに、顔を近づけて言う。

みちるの手が、おずおずと下がる。けれどまだしゃくりあげながら、警戒しながら、強がりながら、必死に言う。

「ほ、ほのちゃんの、そういう正義の味方っぽいとこ、嫌い……」

帆夏が涙声で答える。

「うん、そう思ったら、ちゃんとそのとき言ってよ。そうじゃないと、あたし、ガサツだからわかんないよ」

「わたし……赤城《あかぎ》くんをとっちゃうかもしれないよ」

「とられないように、頑張《がんば》る」

「ほのちゃんの偽善者《ぎぜんしゃ》。き、嫌い」

みちるがほのかにぎゅっとしがみついた。

帆夏も、強く抱きしめ返す。

（落ち着いたみたいだな……）

ホッとして、視線を隣《となり》へ向ける。

そこではヒカルが、帆夏とみちるのほうを見ながら、やわらかな微笑《ほほえ》みを浮かべている。

藤乃《ふじの》にさよならを告げて、心残りをすべてはたしたにもかかわらず、ヒカルは消えなかった。

『そのうちかぐや姫みたいに、お迎えがくるんじゃないかな。どうせならクリスマスまでいたいな』

などと、暢気《のんき》なことを言っている。

病院の窓から射し込む光を吸い込んで、ヒカルの髪は金色に透きとおっている。

心残りがなくなったせいか、以前にも増して明るく輝いて見え、幽霊がこんなに幸せそうにきらきらしていていいのかと、是光は複雑な心境になった。

そんな是光の耳に、ふくよかな甘い声が流れ込んでくる。

「花里《はなさと》さんが、ぼくとの約束を叶《かな》えても満たされなかったのは、花里さんに必要だったのが、約束の成就《じょうじゅ》と、もうひとつ——式部さんの言葉だったからだよ。だからきっと、花里さんは今度こそ大丈夫だよ」

是光も声を出さず、同意する。

ああ、そうだな。

式部《そぃっ》は、ヒカルのお墨付《すみっ》きの愛情深い花だから、決しておまえの手を放したりしないさ。


みちるとさんざん抱き合ったり、泣き合ったり、言いたいことを言い合って病院から出たあと、帆夏は是光の隣で、うつむいてもじもじしていた。

(花里にビンタするのを俺に見られたのを、気にしてんのかな?)

「花里と話ができて、よかったな」

と言ってやると、頬をぱっと赤くし、

「えっ、う、うんっ」

と声をつまらせ、目を泳がせ、それから是光をキッと見上げて、

「あ、あのねっ！　みちるには頑張るって言ったけど——やっぱりちょっと——ううん、

かなり、不安なの。でも、が、頑張るからっ。もし、赤城の気持ちが変わっても、取り戻すから」

最後のほうは気弱な顔になり、真っ赤な頬のまま、走り去った。

「なんなんだ？」

街路樹《がいろじゅ》の向こうへあっという間に小さくなってゆく背中としなやかな足を、啞然《あぜん》として見送る。

「是光が花里さんと浮気するんじゃないかって、心配してるのかも」

「するか」

文句を言いながら、是光も歩き出す。

（式部は余計なこと考えすぎだ。それとも俺は信用がねーのか）

しかめっ面になったとき、ポケットで携帯《けいたい》が鳴った。

夕《ゆ》雨《う》からだった。是光が電話に出ると、

「赤城くん……」

儚《はかな》げな声で、確認する。

「おう、どうした」

「今日……退院、だったよね」

「ああ、今、病院を出たとこだ」

「お見舞い……いけなくて、ごめんなさい」

それは是光も気になっていた。葵や朝衣や一朱《かずあき》が入れ替わり立ち替わり訪れる中、夕雨だけは姿を見せず、メールでの連絡もなかったから。

けど、こちらからどうしているかと確認するのもおかしいような気がして、躊躇《ちゅうちょ》していたのだ。

夕雨がひっそりした声でつぶやく。

「明日……オーストラリアへ帰るの。その前に、デートしてくれる？」

それは紫織子の誘拐騒動《そうどう》の前からの、約束だった。

息をひとつ吸って、気持ちを落ち着ける。

そうして、真面目《まじめ》な声で言った。

「わかった。夕雨の行きたいとこへつきあう」

◇　　◇　　◇

帰宅後。正風に竹刀《しない》でぼこぼこにしばかれた姿で夕雨に会ったら、相当引かれるのではないか。最悪、明日は松葉杖に包帯《ほうたい》でデートすることになるのではないかと懸念《けねん》したが、幸《さいわ》い頬に一発鉄拳《てっけん》をくらっただけで、すんだ。

派手《はで》に吹っ飛ばされて、居間《いま》の襖《ふすま》が破け、そのまま襖と一緒に隣の部屋に仰向《あおむ》けに倒れ込んだが、紫織子が正風の腕にしがみついて、

「これ以上、是光お兄ちゃんにヤキ入れたら、しーこは正風おじいちゃんと口をきかないよ。正風おじいちゃんのこと大好きだから――そんなことになったら、しーこもすごく辛《つら》いから、是光お兄ちゃんのこと許してあげて」

と、ぽろぽろ泣きながら懇願《こんがん》したためだ。

紫織子に甘い正風は、しばらくこぶしを震わせて唸《うな》っていたが、

「ふんっ。この程度で吹っ飛ぶなぞ鍛《きた》え方《かた》が足りん。張り合いがない」

と、つぶやいて、是光に背中を向けたのだった。

「正風おじいちゃん、ありがとう。大好き」

紫織子に抱きつかれて、祖父は目の下を赤くしていた。

あとで小晴に、襖を破ったことで、「どうして、縁側《えんがわ》のほうへ転ばないんだい！　もちろん障子《しょうじ》と窓は全開にして」と、頭の天辺に拳骨《げんこつ》をくらい、襖の修理を命じられた。

また紫織子からは、

「しーこは、是光お兄ちゃんの命の恩人だからね。大切にしなきゃダメなんだからね」

と、動物園と水族館とプラネタリウムに連れてゆく約束をさせられた。

紫織子はけろりとした顔をしており、あのボロ泣きは嘘泣《うそな》きかと、祖父が少々気の毒

になったりもした。まぁ正風は正風で、紫織子と碁会所《ごかいじょ》へ行く約束をしてご満悦《まんえつ》だったので、真実は胸にひめておくつもりだが。でないと、せっかく女嫌いを克服《こくふく》しつつあるのが、前より深刻な女性不信におちいりかねない。

ともかく、顔に少々痣《あざ》が残ったものの、当日是光は無事に夕雨とのデートに出かけることができたのだった。

約束の十分前――。

夕雨が指定したのは、会員制スポーツクラブの屋内《おくない》テニスコートだった。

「ここ、ぼくも利用してたところだ。入会の審査が厳《きび》しいんだよね」

「つか場所間違ってねーか」

高級ホテルのフロントのような受付に、びびってつぶやく。

会員制だと？　入会審査だと？　普通の高校生の是光には無縁《むえん》の世界だ。

(夕雨の家も一般家庭のはずだが、どうなってんだ)

うかつに受付に近づけず、その手前で悩んでいる是光に、ヒカルが、

「是光、ガードマンが睨んでる。さっき通り過ぎた人たちも、きみのこと噂《うわさ》してたよ。不審人物《ふしんじんぶつ》扱いされてつまみ出される前に、早く受付をすませちゃおう。でないとデートにも遅刻《ちこく》しちゃうよ」

と忠告する。

「くそっ」

なるようになれと、受付に進む。

受付席に座っていた女性二人があからさまに怯《おび》えた顔をするが、ぎこちなく名前を告げると、

「赤城是光様ですね。はい、うかがっております」

と、急に丁寧《ていねい》な態度になり、別のスタッフがやってきて、

「こちらへどうぞ」

と、これまたバカ丁寧に案内された。

「よかったね。追い出されなくて」

ヒカルが隣でウインクするので、睨んでやった。

やがて豪勢《ごうせい》な更衣室へ辿《たど》り着き、

「どうぞ、こちらにお着替えください」

とテニスウェアらしきものと、テニスシューズを差し出され、

(げ！　俺にこれを着ろというのか⁉)

と、目をむく。

襟《えり》の付いた白いウェアに、下は短パンだ。

「わー、早く着てみてよ、是光」

「着ねーよっ！」

「え、なんで」

「似合《にあ》わねーだろ」

「そんなことないよ。それに、そのままの格好でコートに行ったら浮いちゃうよ。夕雨に恥をかかせちゃうよ」

「ぐ――」

そう言われると、おとなしく着替えるしかなく、こめかみをひきつらせて、パーカーやTシャツを脱ぎ捨ててゆく。

(なんで、俺がこんな格好を)

白いテニスウェアを着込み、上に、これも借り物のジャンパーを羽織《はお》り、前をきっちりと閉じると、

「前、ちょっと開けてみたほうが、カッコいいと思うけど」

自分も、是光とおそろいのテニスウェアに衣装《いしょう》チェンジしたヒカルが頭上からアドバイスする。こちらは憎らしいほど似合っていて、爽《さわ》やかさ十倍増しだ。

「るせー。前開けると、すーすーすんだよ」

と、ぶっきらぼうに言い、靴《くつ》も履《は》き替《か》え、コートへ向かった。

屋内にあるコートは冬でもあたたかく、スポーツをするのに絶好の温度に調整されている。が、四面あるコートのどこにも、是光の他に利用者の姿は見あたらない。

「このクラブ、経営やべーんじゃねーか」

「うーん、ひょっとして貸し切りになっているんじゃないかな」

「なに！」

また目をむいたとき。


「赤城くん……お待たせしました」

儚げな声がして、振り返ると夕雨が立っていた。

「わ！」

「！」

ヒカルと是光は同時に驚《おどろ》きを表現した。

なんと、夕雨はテニスウェアを着ている。

いや、是光もテニスウェアなのだから、向こうもペアでそろえてくる可能性はじゅうぶんあった。だが、是光の中の夕雨のイメージは膝下《ひざした》のスカートで、制服姿を見ていないので、余計にそうしたイメージが固定されていて、なのに——。

（ミニ、だと）

白いスコートは太ももの半ばくらいほどで、そこから伸びる、びっくりするほど華奢《きゃしゃ》で真っ白な足に、目が釘付《くぎづ》けになってしまう。

女の足をはじめて見るわけでもないのに、あの夕雨が、という意外性や希少価値もあいまって、ずいぶん長々とガン見してしまい、はっとした。

（足フェチの痴漢《ちかん》か、俺は！）

おそるおそる視線を上げると、夕雨は恥ずかしそうに微笑んでいた。

白い頬がうっすらと染まっているが、是光を見つめる目に嫌悪《けんお》や軽蔑《けいべつ》は一切なく、緊《きん》張《ちょう》はしているが、むしろ嬉しそうだった。

さざなみを描くやわらかな長い髪は、耳の下で二つにわけて結んでいる。その髪型も新鮮で、可愛《かわい》らしくて、是光は心臓《しんぞう》が高鳴ってしまった。

ヒカルが肘《ひじ》でつつく。もちろん、その肘は是光の腕にめりこんでしまうのだが、褒《ほ》めろ、ということなのだろう。顔がにやけている。

是光は視線をそらして、唸った。

「あー……いつもと、違うな、その……だいぶ」

「ヘン……？」

声が、ほんの少し心配そうになる。

「いや、いいんじゃねーか」

「是光、きみ、それしか褒め言葉を知らないの？　式部さんたちとプールへ行ったときも、全員『いいんじゃねーか』ですませてたよねっ。それって二回目からはただの手抜きだから」

（るせー、おまえみたいに、甘ったるい言葉をだらだら垂れ流せる高一男子のほうが、世間じゃ少数派だ！）

心の中で吠えながら、今日は夕雨に楽しんでほしいし、喜んでほしいという気持ちもあり、

「新鮮……つーか、案外そういう格好も似合ってる」

と、ぼそりと付け加えた。

是光にしてみたら、精一杯のサービスだった。ちろりと夕雨のほうへ視線を戻すと、嬉しそうに頬をほころばせていた。

「ありがとう……」

小さくささやく声にも、是光に褒めてもらった喜びがあふれている。

えらく照れくさい気持ちになったとき、

「赤城くんも……似合う、ね」

「！」

現実に引き戻された。

(そうだ。俺も、同じカッコしてたんだった！)

夕雨のスコートのインパクトが強すぎて、すっかり失念していた。

(つか、似合うだと？　いやいや、似合ってねーだろっ。どー見ても)

善意のお世辞《せじ》が人を傷つけることもあるのだと、是光は知った。

「そ……そっか。ありがとな」

横を向き、ぼそぼそとつぶやく。

「赤城くん……写真、撮《と》ってもいい？」

「はぁ⁉」

振り向きざま、思いきり叫んでしまった。

「この格好でか！」

「是光、そんなに大声出さなくても。夕雨がびっくりしてるよ」

ヒカルにたしなめられて、声をひそめる。

「しゃ、写真は、別にかまわねーけど、着替えてからにしねーか」

するとタ雨は、ひっそりと眉を下げて、

「……赤城くんの……テニスウェアの画像を送ることが……コートを貸してもらう条件……なの」

「条件？」

「一朱さんに……」

「一朱が、このコートとかウェアとか手配したのか⁉」

仰天《ぎょうてん》する是光に、夕雨がこくりとうなずく。

「思いきりスポーツしたことってなかったから……赤城くんと、一緒に……体験してみたくて、一朱さんに、頼んだの。『図々《ずうずう》しい』って怒ってた……わ」

図々しいというより怖いもの知らずというか、そういえば別荘でも一朱を大人びた態度で叱《しか》りつけていた。

あのときは、夕雨は強くなったと胸が熱くなったが、今は啞然としている。夕雨のほうは自分がそれほど大それたことをしているとは少しも思っていないようで、

「でも……テニスウェアを着た赤城くんの……写真を撮って、送る条件で……渋々、承知してくれたの……」

と儚げな声で、淡々と語る。

学園の女子に妬《ねた》まれ虐《いじ》められたときは、帆夏が是光と一緒にアパートを訪ねただけで、また虐められるのではないかと怯えていたのに、夕雨を犯罪者にしようとあれこれ画策《かくさく》していた一朱にはいまだに親しみを持っているようなのが、理解不能だった。

表の一朱はともかく、本性をむき出しにした一朱は、好んでお近づきになりたい人物

とは思えない。一朱と友達になった自分が言うのも矛盾《むじゅん》しているが……。

一朱がヒカルの腹違いの兄で、ヒカルと声がそっくりだということも関係しているのかもしれない。それだけ夕雨の中で、ヒカルの存在は大きかったのだ。

「写真……やっぱり、嫌？」

夕雨がしょんぼりと尋ねる。華奢な手に、すでに携帯をひっそりと握りしめている。

(っっ、仕方ねーな)

今日は夕雨に、そんな顔はさせたくない。

「一朱以外には、見せるなよ」

夕雨の瞳が、ぱっと輝く。

「うん」

嬉しそうに言って、いそいそと撮影《さつえい》をはじめる。

「是光、そんな怖い顔で棒立《ぼうだ》ちしてないで、ちょっと笑ってあげたら？　ラケット持ってポーズとるとか」

ヒカルが頭上から、あれこれ注文をつけてくる。

「こうしたら、僕も映らないかな」

と、手にイメージで出現させたテニスのラケットを持ち、是光の後ろで腰を落とし、ボールを打ちあげるようなポーズを決める。

（よせ、オカルト雑誌に、心霊写真として投稿《とうこう》されたらどうすんだ）

後ろ足で蹴《け》って追い払いたかったが、無駄骨《むだぼね》になるとわかっていたので、こめかみをひくつかせて堪《た》えた。

夕雨はぼーっとした儚げな表情で、位置を変えながら、ぱちぱちと是光の画像を撮っていたが、

「あの……一枚だけ……わたしと一緒に……映ってもらえる？」

おずおずと尋ねた。

「一朱さんにも、誰にも……見せないから……、わたしだけの宝物に……するから」

是光は少しの間、真顔で夕雨の顔を見つめ返したあと。

「……いいぜ」

と答えた。

夕雨がはにかみながら、しずしずと是光の隣に寄《よ》り添《そ》う。

そうして腕を伸ばし、携帯を自分たちのほうへ向ける。

是光は口元をむっと引きしめたまま、携帯を見ていた。撮影された画像を確認し、夕雨が今日一番、嬉しそうな顔で微笑む。

そこには、むっつりした是光と、ひだまりのようにあたたかな笑顔の夕雨が映っている。

「ありがとう」

携帯を胸に抱き、夕雨がつぶやくのを、是光はやっぱり口元を引き結んで見ていた。

「是光、ぼくはおとなしくしているから、あとは二人で楽しんで」

と、ヒカルがささやいて、是光の視界から消える。

「テニスしようぜ、夕雨。俺もはじめてで、ルールとか全然わかんねーけど。ただ打ち合うだけでも、楽しそうだ」

是光が声をかけると夕雨は、今度は照りつける日射しのように、まぶしく笑いながら、

「うん……赤城くんと一緒なら、きっとなんでも楽しいわ」

と答えた。


実際にラケットを握って、コートのこちらとあちらで向かい合ってみたら、夕雨は是光の想像以上にスポーツに向いていなかった。

ボールを手で高く放り投げたものの、落下の速度にラケットの振りが追いつかず、ボールがことごとく足元に落ちる。次こそはと思いきり高く投げ上げたら、夕雨が立っている位置から横に二メートルほど離れた地点に、ぽとりと落ちる。

さらに高く投げたら、頭に直撃《ちょくげき》してしゃがみ込み、是光が慌《あわ》てて、あちらのコートに駆け寄るはめになった。

「おい！　大丈夫か！」

「へ……へーき」

両手で頭を押さえ、恥ずかしそうに答える。

「つ、次は、ちゃんと赤城くんのコートに……返すから」

決意のこもる表情で断言した直後に、地面に落ちたボールを拾って立ち上がろうとして、そのボールで手をすべらせ、またコケる。

「夕雨！」

「へ、へーき……へーき、だから」

腕をつかんで立たせてやると、面目《めんぼく》なさそうにうつむく。

是光はぼそぼそと、

「あー、サーブって、意外と難しいよな。今度は俺が一発試《ため》してみるか」

「え、ええ……」

ボールを持って、自分のコートに戻り、

「行くぞー！」

と、わざとテンションを高くして叫び、夕雨がしたように片手でボールを空へ向かって放り上げる。

落下してきたところをラケットで、思いきり振って叩《たた》く。

手応《てごた》えがあった！

（よしっ！）

と、心の中で歓声を上げる。

が。

「あ、あれ？」

ボールは夕雨の頭上もエンドラインも超えて、その後ろの壁《かべ》に当たって、ようやく落ちた。

「って……ほらな。サーブって難しい、よな」

と顔を熱くして言い、ネットを挟《はさ》んで、少しばかり途方《とほう》にくれて見つめ合ったとき。

「ごめん！　見てられない！」

ヒカルが是光の隣に降りてきて、自前で作りだしたボールとラケットを手に持ち、

「夕雨も是光も、はじめからオーバーヘッドサーブとか無謀《むぼう》だよ。まずはボールを打つのに慣れよう。一回バウンドさせて、ボールが上がってきたところをラケットですくい上げるようにして打つんだ。フォームはこう。もっと腰を落として」

と、コーチをはじめる。

女の子に教えるのに慣れているのだろう。ヒカルの言うとおり、地面に一度バウンドさせてからラケットで打ってみたら、夕雨のコートの中に落ちて、バウンドした。

「あたりを狙《ねら》って落としてみて。振りはこんな感じで、ラケットの角度はこうで。あと、夕雨が返しやすいように、スピードももう少し押さえてあげて」

「うん、慣れれば、是光は運動神経いいから、すぐうまくなるよ。今度は夕雨の手前の

ヒカルが実演つきで説明するのを横目で見ながら、またボールをバウンドさせ、夕雨のコートへ向かって打つ。

狙った位置と少しズレてしまったが、夕雨がラケットをかかげて、ボールに向かって果敢《かかん》に走る。

落ちる前のボールを叩こうとするが、空振りしてしまい、しゅんとする。

ヒカルが、

「ドンマイ、夕雨、今度はコートに一度落ちてから、打ってみて」

と声をかける。

「おい、地面に一度落ちてから打つと、いいらしいぞ。もういっぺん、いくぞー」

「う、うん」

夕雨が真剣な顔でうなずく。

ヒカルがまたお手本を見せてくれて、その通りに打つと、ボールはさっきよりもっとゆるやかな弧《こ》を描いて、夕雨の前ではずんだ。

夕雨がボールをじっと見つめ、バウンドするのを待って、慎重《しんちょう》にラケットに当てる。

それはひょろひょろと力なくネットを越え、是光のコートにぽとりと落下した。

「やったぞ！　夕雨！」

「赤城くん！」

「おめでとう！」

三人で一斉にネットまで駆け寄り、まるでウィンブルドンで優勝したかのように頰を輝かせ喜びあう。

「さぁ、次はラリーをしてみよう！　まずは五往復が目標だよ」

「次はラリーだぜ」

「うんっ」

またネットのこちらとあちらに別れ、ボールを打つ。

はじめは夕雨が空振りしたり、当たってもボールがネットを越えなかったりと、なかなか続かなかったが、ヒカルは優秀なコーチで、しだいに打ち合いが続くようになった。

そうなると、いっそう楽しくなり、

「よし！　次は七回、目標だぜ！　その次は十回だ！」

と、目標を上げてゆくうち、最終的に十六回という記録を打ち立てた。

是光のほうは、夕雨が返しやすいように力をセーブしながらの返球ではあったが、そのコントロールをするのもなかなかおもしろく、夕雨がラケットにボールを当てて返してくるたび、嬉しくなった。

夕雨もラケットにボールが当たり、それがうまく是光のところまで届き、是光が一生《いっしょう》懸命《けんめい》に走って返球すると、ぱっと目をきらめかせる。

途中《とちゅう》からヒカルもいなくなり、気がついたらお昼を過ぎていた。

「こんなに体を動かしたの、はじめて」

夕雨が汗を流しながら朗《ほが》らかに笑う。

「わたし、お弁当を作ってきたの。赤城くん、食べてくれる」

「おう、はらがぺこぺこだ」

夕雨がいそいそと取り出した重箱には、海苔《のり》を巻いたおにぎりがぎっしりつまっていて、

「サンドイッチのほうが……可愛かったんだけど……赤城くんは、おにぎりのほうが……好き、かと思って……。いろいろ具が入ってるから」

と、はにかみながら差し出す。

「ああ、にぎりめしのほうが、好みだ」

「よかった」

夕雨が握ったおにぎりに、かぶりつく。中身は濃《こ》いめに味付けした唐揚《からあ》げで、大きいやつが、ごろっと入っている。

「すげーうまい」

と言うと、口元をほころばせ、赤くなった。

おにぎりの具は他にも、鮭《さけ》や、肉じゃがや、ハンバーグなど豊富で、是光は夕雨が嬉しそうな顔をするので、五つもたいらげて、おなかがはちきれそうになってしまった。

腹ごなしに、またテニスをして、そのあとは夕雨の希望で、ゲームセンターへ行った。

友達がいなかった是光は、もちろんそんなところへ入ったことはなく、どのゲームもいちいち新鮮だった。

対戦型のゲームや、UFOキャッチャーなどを夕雨と二人で楽しみ、

「赤城くん……あれも、いい……かな」

と、夕雨に恥ずかしそうに示されて、プリクラも撮った。

椰子《やし》の実やイルカが描かれた南国の楽園のようなにぎやかなフレームに、是光のムッとした顔や、緊張して固まっている顔や、無理矢理笑おうとして、あちこち引きつってえらいことになっている顔などが、映し出される。

夕雨のほうも、驚いたり、笑ったり、微笑んだり、いつもより表情が豊かだった。

そのプリクラのシールと、是光がＵＦＯキャッチャーでとってやったイルカのぬいぐるみを胸に抱き、

「宝物が……増えちゃった」

と、夕雨がしみじみと微笑む。

そんなとき、胸の奥が切なく疼《うず》いた。

帰国のための飛行機の時間が迫っているというので、夕暮れにはまだ少し早い時刻に、駅前の広場で、別れの挨拶《あいさつ》をする。

是光たちの横を何人もの人たちが行き交《ゆか》い、車の走る音と人の声が混じり合って、ざわめいている。

儚げな瞳で是光を見上げながら、夕雨が一途《いちず》な気持ちのこもった小さな声で言う。

「今日はありがとう。今まで絶対無理と思っていたことがたくさんできて……すごく楽しかった……わ。赤城くん……また、わたしとデートしてくれる？」

「いや、これが最後だ。俺、好きな女ができた。だから、もう他の女とデートはできない」

真面目な顔で、はっきりと告げる。

夕雨は静かに微笑んだ。

沈黙の上にざわめきが重なり、やがて、おだやかな声で言った。

「式部さんね」

「ああ」

「病院に……式部さんのお見舞いに行ったときね……賭《かけ》をしたの。このデートで、赤城くんの気持ちを取り戻せるかどうか……。きっと今頃、とっても心配しているはずよ」

昨日、別《わか》れ際《ぎわ》に帆夏がわたわたしていたことを思い出し、是光は顔をしかめた。

（っっ、あいつは、まったく）

周りはにぎやかなのに、是光と夕雨が立っているこの場所だけ、静かな空間がぽっかりと広がっているようで。

夕雨が今度は少しだけ淋《さび》しそうな眼差《まなざ》しになり、

「赤城くんが、式部さんとこうなること……赤城くんのおうちで式部さんに会ったときから、予感してた……。赤城くんが本当に好きになるのは、きっと……式部さんみたいな女の子なんだろうなって……」

夕雨が是光の家を訪問したあの日……。

帰宅したら、朝衣たちが部屋の中に勢揃《せいぞろ》いしていて、是光はひどく焦《あせ》ったのだった。

あのとき帆夏は、どんな顔をしていただろうか。

心配そうに夕雨のほうを、ちらちら見ていたような気がする。

夕雨を送っていったとき、あれはみんなヒカルが大事にしていた花たちだと、話したのだ。

その中で帆夏だけが、ヒカルとは関係なしに是光のほうから近づき、是光を好きになってくれた女だった。

——……式部は俺のクラスメイトで、すごくいいやつで……ヒカルは式部のこと、ヘリオトロープみたいだって言ってた。

そう語る是光に、夕雨は、

——きっと、明るくて、強くて……素敵《すてき》な、人なのね。


と、ひっそりとつぶやいていた。

「赤城くんは優しいから……自分より弱い女の子のことを、放っておけなくて……わたしのことも、助けてくれたけど……。わたしがあんなに弱くなかったら……赤城くんはきっと、わたしのこと、あそこまで気にかけてくれなかったし、わたしに恋をしているって、勘違《かんちが》いすることもなかったと……思う。赤城くんを本当に手に入れたかったら、わたしはあの部屋を出るべきじゃなかったの。そうしたら、赤城くんはずっとわたしと一緒にいてくれたから……」

淡々と語る夕雨の声が是光を、あの奇妙なガラクタが転がる、カーテンを閉め切った、海の底のような小さな部屋へと引き戻す。

傷つきやすく臆病《おくびょう》で儚げな目をした少女との、満ち足りた切ない時間……。あのとき感じた甘酸《あまず》っぱいときめき。焦り。

「けどね。弱くて、部屋に引きこもったままのわたしを好きになってもらっても、それは違うの。強くなったわたしを、赤城くんに選んでもらいたかったから……」

「勘違いじゃねーよ」

夕雨が、はっと目を見張る。

「俺は夕雨に恋をした。俺の初恋は一生夕雨だ」

強い口調で、是光は告げた。

驚いている夕雨を、まっすぐに見すえる。

あの、雨に閉ざされた狭い世界で感じた甘さも、ときめきも、痛みも、全部是光にとってはじめての感覚だった。

かけがえのない時間だった。

夕雨がゆっくりと唇《くちびる》をほころばせ、儚げに微笑む。

「わたしの初恋も、ずっと赤城くんだよ」

そうして、明るい顔で告げた。

「さよなら」

細い背中を是光に向け、ときほぐした長い髪をゆらめかせて、夕雨が人混みの中を歩いてゆく。

恐れずに、自分の足で。

きっと夕雨との恋は、二人で手を繋《つな》いで公園で花々を見たあの雨の中で、すでに終わっていたのだ。

夕雨を外へ連れ出せば、失うと言ったヒカル。

外へ出れば、夕雨は男の都合《つごう》の良い幻想ではいられないからと。

その通り、あの日自分は、弱く儚い夕顔の骸《むくろ》を土の中に葬《ほうむ》ったのだ。

そこから芽を出し開いた新しい花は、しとやかさの中に強さを秘め、誇《ほこ》らしく咲き続けるだろう。

行き交う人の向こうへ消えてゆく夕雨を、胸がひりつくような気持ちで見送った。

そうして、長い溜息《ためいき》をついたあと、思いきり顔をしかめた。

さて、あの全然わかってない、早トチリの恋愛初心者をどうするか。

口の端をむっつりと下げたまま、是光は後ろにいるであろう友人に、ぼそりと声をかけた。

「ヒカル、知恵を貸せ」

◇　◇　◇

(やっぱり赤城は、奏井《かない》さんと、よりを戻しちゃうんじゃ……)

朝からずっと帆夏はそわそわしていた。机で携帯を眺《なが》めたり、ベッドに転がって枕を抱きしめてみたり、また立ち上がって、部屋の中を目的もなく歩き回ったりする。

今朝、夕雨からメールをもらった。

『これから赤城くんとデートしてきます』

心臓が、ぎゅっと縮《ちぢ》んだ。ついに、この日が来てしまった。

帆夏が入院していたとき、お見舞いに訪れた夕雨が、儚げな眼差しで言った。

——赤城くんと、デートをする約束をしているの。もし、そのデートで、赤城くんの心がわたしに傾《かたむ》いたら……わたしが赤城くんとつきあっても、いい？

口調も表情も、ひっそりとして、か弱げだったが、ほとんど口もきいたことのない帆夏にわざわざそんな許可をとりにきた夕雨に、圧倒され、

――赤城が、奏井さんをまた好きになっちゃったんなら、あたしが許すとか許さないとかの問題じゃないから。そうなったら仕方《しかた》ないよ。

と答えていた。

必死に平静を装《よそお》っていたけれど、頭の中がぐるぐる回って、今、是光に会ったら絶対に『奏井さんとデートなんかしないで！　赤城はあたしのこと、好きって言ってくれたでしょう』と取り乱してしまいそうで、家族の迎えを待たず、逃げるように退院したのだった。

結果はメールか電話で知らせると、夕雨から言われていた。あのあと紫織子の誘拐騒動で、それどころではなくなっていたが、紫織子も無事に保護《ほご》され、検査入院していた是光も退院した。

――そろそろ帰国しないといけないから。あの約束、覚えてる？

と、おととい夕雨から電話をもらったのだ。

――もももももちろん。奏井さんが好きなときに、いつでもデートして。

と上擦《うわず》りながら、言ったのだった。

「あたしのバカっ。あんな約束するんじゃなかった。赤城はきっと奏井さんに、またふらっときちゃうよー。奏井さん、細くてか弱くて女の子らしくて、守ってあげたい系で、赤城のストライクゾーンど真ん中だものっ」

ベッドに倒れ込み、枕を抱《かか》えて、ごろごろ転がる。

もともとあんなに奏井さんのことが、好きだったんだもの。

みんなで是光の家に押しかけたときも、是光は夕雨と一緒に戻ってきて、帰りも夕雨だけ送っていって、すごくいい雰囲気《ふんいき》で。

「赤城を信じなきゃ。デートだって、赤城は約束を守るから、きっと最後のデートのつもりで――あああああ！　あたし、赤城とデートしてない！」

夜の学校のプールに忍び込んで二人で泳いだのは、忘れられない思い出だけど、一般的なデートという感じではない。

「デートもせずに、お別れとかになっちゃったら、あぅぅ、こんなことなら、さっさとデートしとけばよかった」

またベッドでごろごろし、目が回って、しばらく枕を抱えたまま、涙目でぐじぐじしていたが、

「そろそろデートが終わる頃？　どうなったんだろう。奏井さんか赤城に電話して確かめる……？　無理っ！」

がばっと身を起こし、首を激しく横に振る。そんなの怖すぎだ。

「ぶ、ブログの更新しよう……」

ベッドからおり、机に向かい、ノートパソコンを立ち上げる。

『ぱーぷる姫のお屋敷』は、携帯小説がメインのホームページだが、ブログのコメント欄《らん》で、女の子たちの恋愛相談にも乗っている。

一時は恋愛の達人などと呼ばれて調子に乗っていたが、先日、実は男の子と一度もつきあったことがなく、クラスメイトに片想いしているとカミングアウトしたばかりだ。

ブログの読者が騙《だま》されたと怒って、抗議《こうぎ》のメールが殺到するのではないかと覚悟していて、実際そういうメールも来たが、

『ぱーぷる姫も、あたしたちと同じように、片想いしたり悩んだりしてるのがわかって、前より身近に感じました。一緒に両想いになれるように頑張りましょう。これからも相談に乗ってください』

と好意的なメールをくれる人のほうが圧倒的に多く、アクセスランキングも跳ね上がった。恋愛相談のメールも、以前より多くなったくらいだ。

その回答をしようとブログを開き、コメント欄に目を通してゆく。

『恋愛の達人のぱーぷる姫へ

こちらに書き込むのははじめてです。今、恋愛問題で、どうしようもなく悩んでいて、ぱーぷる姫に相談することにしました。

自分は最近、好きな相手に告白しました。

その相手は、自分のクラスメイトで、隣の席です。

目つきは悪いし、愛想《あいそ》はないし、いつもケータイと睨めっこしてて、おまけに足癖《あしくせ》も悪くて、すぐに蹴ってきて、最初はとんでもないやつだと思っていたのですが。

自分が困っているとき、そいつはいつも親身《しんみ》に相談に乗ってくれて、自分を助けてくれました。

自分のことよりも他人のことを優先して世話《せわ》を焼いてしまうようなお人好しです。

そいつのいいところがどんどんわかってきて、自分はそいつを好ましく思うようになりましたが、それはまだクラスメイトとしてでした。

けど、そいつから、好きだと告白されて、だんだんそいつのことが気になるようになっていきました』

なんだか、自分と是光の関係に似ていると思っていると。

『自分が他のやつとキスしたところを、そいつに見られて、バカ、と繰《く》り返《かえ》しながら胸を叩かれ、泣かれたときは、ドキッとしました』

帆夏は息を止めた。

「まさか」

『カラオケボックスで、いきなりエロい水着写真集を広げて、一緒に見ようと言い出したり、そいつがプールで暴《あば》れて、自分はそのせいでパンツが脱げてしまったり、家に帰ったら、花柄のエプロンで出迎えに現れたり』

「うそ……」

心臓がドキドキし、顔がほてってくる。

「これってまるっきり……」

『自分に子供ができたと早とちりして、カルシウム入りのクッキーを作ってきたり。そいつの友達が自分を好きだと言ったら、いきなり距離《きより》を置こうと言い出してみたり』

「あたしのことじゃない」

『そんな早とちりで、無茶苦茶《むちゃくちゃ》なやつを、いつの間にかクラスメイトとして以上に、好きになっていたのです』

『そいつが自分のせいで、危ない目にあって死にかけたとき、はっきりわかりました。自分はそいつが、好きです。ただのクラスメイトなんかじゃありません。そいつがそいつだから、好きになったのです』

画面を見つめる顔が、ますます熱くなり、鼓動《こどう》が高まる。マウスをクリックする指が止まらない。

『そいつにも、はっきり好きだと言いました。なのに、そいつは早とちりな上に鈍感《どんかん》で、ぱーぷる姫と違って、どうしようもない恋愛初心者で、いまだに自分が他のやつに心変わりするのではと疑《うたが》っているのです』

「う、疑われるような言動を、赤城がしてたんじゃない……っ。鈍感なのは赤城のほうで、それに恋愛初心者ってなに」

『どうしたら、この、すぐ暴走する、頭でっかちの、救いようのない恋愛下手《べた》に、自分の気持ちをわかってもらえるでしょう。ご回答ください』

最後に『赤い犬』とハンドルネームが書いてあった。

怒っていいのか、恥ずかしがるべきなのか、椅子《いす》ごとくるくる回るべきなのか、帆夏が混乱していると、携帯の着メロが鳴った。

是光からだ！

メールが届いている！

急いで開けてみると、タイトルは『恋愛相談』で、帆夏のブログのアドレスがはりつけてあり、その下に、

『追伸　回答は河原《かわら》で』

と、あった。

考えるより早く、体が動き出す。

椅子から立ち上がり、携帯と定期をつかんで、家の外へ飛び出した。

空が霞み、雲が淡いピンク色に染まりはじめた夕暮れが迫る道を、心臓が破裂《はれつ》しそうなほど必死に走る。駅の改札を駆け抜け、電車に飛び込み、肩を上下させ短い息を吐きながら、カチャカチャとメールを打つ。

『赤犬さんへ
他に覚えてることはないの？　カラオケボックスでエログラビア見たとかヘンなことばっかり！』

駅をひとつ過ぎたところで返信が来た。

『ある。

聞きたきゃ、回答を持って今すぐ来い』

返信の返信を打つ。

『バカ。とっくに、そっちへ向かってる』

また駅をひとつ過ぎて、返信が来る。

『逃げるなよ、恋愛初心者』

『どっちが』

そんな風にメールのやりとりをしながら学園の最寄《もよ》り駅につき、そこからまた走る。

オレンジ色の太陽が沈んでゆく中、すっかり赤く染まった土手道《どてみち》を息を切らして全力疾走《しっそう》しながら、首を横に曲げて河原を見おろし、メールの送り主の姿を捜す。

川も草も赤く燃え、冷たい風が川べりのすすきを、ざわざわ揺らしている。その前に、携帯を手にした、ばさばさの赤い髪の——野良犬みたいな少年が立っている。

是光は、鋭い目で帆夏を見上げていた。

帆夏が夢中で河原を駆け下りようとすると、

「バカ！　アブねー！」

と慌《あわ》てて走ってくる。

土手の草で足をすべらせ、尻餅《しりもち》をつき、帆夏はそのまま転がるように、落ちてゆく。

是光のほうへ向かってゆく。

めいっぱい眉をつり上げて駆け込んできた是光が、腕を伸ばして帆夏を抱きとめ、そのまま自分も一緒に草の上に転がる。

静かになった土手の草むらに、お互いの荒々しい吐息だけが聞こえていた。その吐息が、お互いの顔にかかっていて。

帆夏のすぐ下に、是光の顔がある。

口の端を曲げて、真剣な眼差しで帆夏を見上げている。

あの嵐の夜に川で溺《おぼ》れかけた是光が、翌朝ベッドで目を覚ましたときも、こんな体勢だった。あのときより、もっと恥ずかしい。帆夏の腰と背中に是光の腕が巻き付いていて、足が絡みあっている。

先に引き寄せたのが、是光だったのか、それとも帆夏が顔を寄せるほうが先だったのか、もうよくわからない。

心臓が破裂しそうになりながら、帆夏は頰を染め、目をうるませ、是光の唇に自分の唇をゆっくり押しつけていった。

心の中で、つぶやきながら。

（これがあたしの〝答え〟だよ。赤城）

◇　◇　◇

「見送りに来てくださって、ありがとうございます、頭条先輩《とうじょうせんぱい》」

「いや、赤城には知らせなかったのか？」

空港のロビーで、夕雨は頭条と、ひっそりと言葉を交わしていた。

「赤城くんとは、ここへ来る前に、お別れをすませてきましたから」

きっと今頃は、帆夏に会っているだろう。

（式部さん……わたしからの結果報告は、必要ない、よね。賭はわたしの負け。赤城くんは、揺れなかったわ。式部さんのことが好きだって、ちゃんとわたしに言ってくれたわ……）

覚悟していたはずなのに、胸の奥が切なく疼いて、

「頭条先輩……。今のわたしと……前のわたしと、どちらが魅力的《みりょくてき》ですか」

「なっ――そ、それは」

頭条はあからさまに困っている様子で、声をつまらせてしまった。

頭条俊吾《しゅんご》は、以前の夕雨を好きだったと、是光が教えてくれた。夕雨を守るために護《ご》衛《えい》の女性をアパートの隣の部屋にすまわせ、夕雨が出席不足で退学にならないように、

学園に働きかけていたのだと。

その頭条も、夕雨の問いに答えられないでいる。

（やっぱり……頭条さんも……前の弱いわたしのほうが、魅力的だったと思っているんだわ……）

淋しい気持ちになったとき。


「そんなの決まってるじゃないか！　今の夕雨ちゃんのほうが千倍マシだよっ！」

一朱が頬をぷんぷんふくらませて、早足で近づいてきた。そうしてヒカルにそっくりの、ふくよかな甘い声でまくしたてる。

「前の夕雨ちゃんなんて、引きこもりでシンキくさくて、か弱いふりして男になよなよ寄りかかって処女の仮面を被《かぶ》ったビッチ丸出しで、同性に虐められてトーゼンって感じだったもん。今の夕雨ちゃんは図々しい上に天然で苛《いら》つくけど、こっちが一方的に気を遣《つか》わなくてすむから、ずっと好感度高いよ」

「……一朱さん、『ぼくが見送りなんか行くわけない』って、昨日電話で……」

一朱が突然空港に現れたことに、ほんの少し茫然《ぼうぜん》としながらつぶやくと、眉をキッと上げて、

「見送りじゃなくて、文句言いに来たんだよ！　赤城くんのテニスウェアの画像、なにあれ。突っ立ってるだけ？　しかも上に、きっちりジャンパー？　ありえないから。今時小学生だってもっとマシな写真撮るよ。と、とにかく——前の夕雨ちゃんのほうがよかったなんて言い出すやつは、自分の言いなりになる、ひたすらおとなしい女じゃなきゃダメだっていう、ゆがんだ処女厨《ちゆう》だけってコト！」

自分のことを棚に上げまくりで、一朱が断言する。隣で頭条がショックを受けている顔をする。

きっと夕雨が失恋したので、励《はげ》ましに来てくれたのだろう……。そう言ったら、一朱は十倍くらい反論するだろうけど。

一朱のおかげであたたかい気持ちになり、夕雨は微笑んだ。

「ええ、わたしも、今のわたしが好き」

◇　◇　◇

「なぁ……お兄さん。気持ちはようわかるけど、そろそろ帰らんとあかんのちゃう？」

夕雨が去り、一朱も去ったあと、暗い顔でロビーにしゃがみ込んでいる俊吾に、ひいながが話しかけてくる。

人がいるところでは兄と呼ぶなと厳《きび》しく命じていたが、今は注意する気力もない。

「お、俺は別に……処女と非処女で差別するわけじゃ……ただ、女性は慎《つつし》み深く貞操堅《ていそうけん》固《ご》であってほしいと……くぅう、男としての度量《どりょう》で、よりによって一朱に敗北するとは」

ひいなが自分も膝を折り、俊吾の肩をぽんぽんと叩く。

「負けとらんよ。お兄さんが誰より一番、格好ええし」

明るく断言したあと、大人びた優しい声で言った。

「お兄さんが処女が好きなら、うちは一生処女でおるよ」

八章　最後のサヨナラ

夕雨《ゆう》が帰国してから、一ヶ月が経過した。

ヒカルは今も是光《これみつ》のかたわらで、暢気《のんき》に花の蘊蓄《うんちく》を垂れている。

純白の冬を彩るのは、やっぱり情熱の赤だねとか、椿《つばき》はぽとりと落ちる様子に風情があるとか、椿の十徳を知っているかとか、南天《なんてん》の赤い実も素敵《すてき》だけど、見上げるほどの大木にびっしりと鈴なりになったピラカンサスの赤も捨てがたいとか、冬苺も小さな女の子の唇《くちびる》のようで、愛らしくてキスしたくなるとか。

こいつ、このまま一生、俺に取《と》り憑《つ》いている気じゃねーかと不安になるほど、生き生きしている。

おかげで、帆夏《ほのか》とあの河原《かわら》以来、一度もキスしていない。

正式につきあいはじめたとはいえ、いきなり熱烈な恋人同士になれるわけではない。

ただ、二人で下校しているときや、日舞《にちぶ》研究会の部室でたまたま二人きりになったときや、休日に二人で出かけた別れ際など、帆夏が恥ずかしそうにそっと見上げてきたり、なんとなく去りがたそうにもじもじしているときに、ヒカルのことが気になって、『あー、はら減ったな』とか『今、すごいデカイ蚊が通り過ぎていったぞ。冬でも蚊っているんだな』とか、是光のほうからしらじらしく話をそらしてしまう。

そんな是光の態度に、帆夏がまたぐるぐる心配しているのがわかって、是光もいろんな意味で辛《つら》い。

それに、最近、〝そういう雰囲気《ふんいき》〟になることが多くなって、是光の悩みは増すばかりだった。

（式部《しきぶ》のやつ、急に色っぽくなったっつーか……帰りも、下向いて顔赤くしながら手とか握ってくるし、授業中、たまに横目でこっちをちらちら見てんのも、ヤベーし、あのすねてるみてーな上目づかいで、頰《ほお》をふくらませてじっと見上げてくるのとか、胸とか頭とかカァァッとなっちまうし。赤い顔でもじもじされんのも、前は便所にでも行きてーのかって感じだったのに、今はなんかこっちまでもぞもぞしてくるし）

帆夏への気持ちを自覚し、つきあいはじめたとたん、帆夏の足がまっすぐで綺麗《きれい》なことや、帆夏のライトブラウンの髪《かみ》がさらさらで指どおりがよさそうなことや、帆夏の唇がつやつやしていて、やわらかそうなことに気づいて、焦《あせ》っている。

もう少し進展してもいいのではないかという気持ちは、是光のほうもじゅうぶんすぎるほどある。

いっそヒカルのことは、無視してしまおうか。

いや、俺は露出《ろしゅつ》プレイの趣味はねぇ。

それに、ヒカルがブレーキになっているから、帆夏に対して押さえがきいている面もあり、ヒカルがいなかったら少しの進展どころではすまなそうで、それはそれで大問題で――。

自宅の畳《たたみ》の上で胡座《あぐら》をかいて悶々《もんもん》としている是光の横で、ヒカルが、

「友達とクリスマスを過ごすのってはじめてだよ。是光は毎年、家族とお祝いしてたの？」

と、きらきらした顔で尋ねる。

「うちは仏教徒だから、クリスマスなんぞ祝わねー」

「えー、珍《めずら》しいね。でも、今年はするでしょう？　しーこのサンタクロースになってあげなきゃ」

「う……そうだな」

うちだけサンタがこないと、小学四年生の紫織子《しおりこ》に告げるのはあんまりだろう。紫織子に甘い祖父も、紫織子のためならサンタのコスプレくらいしそうだ。

「うんと楽しいクリスマスにしよう。居間《いま》に飾り付けをして。あ、ツリーを用意しなきゃ。ケーキも予約して、小晴《こはる》さんに、つめものをした七面鳥を焼いてもらおう。玄関《げんかん》に

クリスマスリースも飾ろう」

笑顔でクリスマスの計画を立てているヒカルを、俺の苦労も知らずいい気なもんだぜとあきれる反面、

「ちょっと待て、今、メモをとるから」

と立ち上がったのは、前にヒカルが、ぽろりとこぼした言葉が胸の奥に引っかかっていたからだった。

――そのうちかぐや姫みたいに、お迎えがくるんじゃないかな。どうせならクリスマスまでいたいな。

クリスマスが終わったら、ヒカルは今度こそ地球からいなくなってしまうのではないか。これがヒカルと過ごす最初で最後のクリスマスになるのではないか。

そんな予感があって、ヒカルが望むように、楽しいクリスマスにしたかった。

そんな風にして、クリスマスを翌週に控《ひか》えた朝――。藤乃《ふじの》が出産したという知らせが、ミコトからもたらされた。

長時間に及ぶ、苦しい出産だったという。

生まれてきたのは男の子で、カオルと名付けられた。

その名前は、ヒカルが空《そら》の妊娠騒動《そうどう》のときに自分の子供にと考えていた名前で——偶然なのか、それとも自分の子供にはカオルという名前をつけたいと、ヒカルが藤乃か自分の父親に話していたのか、それはわからない。

ただ——子供の名前をミコトが口にしたとき、ヒカルはなにか込み上げるものがあるように、目を切なく細め——そのあとすぐに唇をほころばせ、嬉《うれ》しそうに微笑《ほほえ》んだ。

今も、ミコトが携帯《けいたい》で撮影《さつえい》して送ってくれた、おだやかな表情で赤ん坊を抱きしめる藤乃の画像を見下ろし、静かに微笑んでいる。


ＤＮＡ検査の結果、子供はヒカルの子ではなかった。

間違いなく、ヒカルの父親の子供であると、ミコトは私的な感情をまじえない冷静な口調で告げた。

ヒカルは、この世に、なにも残さなかった。

けど目に見えない大切なものはきっと、ヒカルが愛した、そしてヒカルを愛した人たちの中に、いつまでも残っている。

藤乃の中にもヒカルは生き続けている。

それが呪《のろ》いではなく、祝福であればいい。

赤ん坊を抱きしめる藤乃は、優しい顔をしている。遠い昔、少女だった頃に、あの藤棚の下で幼いヒカルとむつみあっていたときのように。満たされた、幸福な顔だ。

それが、ずっとずっと続けばいい。

そうして、あたたかな愛《いと》おしい記憶として、ヒカルのことを思い出してほしい。

「なぁ、王野《おうの》。今じゃなくてもいいから、いつか、あんたが知ってる藤乃とヒカルの話を聞かせてくれねーか」

ミコトに言ってみると、清涼感のあるすーっとした瞳で是光を見つめ、

「ごめんなさい、それは断るわ」

と答えた。

「藤乃さんは、わたしにだけ秘密をわけてくれたわ……。まだ小さいわたしに、『今日、やっとヒカルくんに会えたわ』と、頰を輝かせて嬉しそうに打ち明けてくれたのがはじまりで、それからずっと、わたしにヒカルさんとの物語を話してくれた。自分の罪も全部。それはわたしにとって大事な宝物なの。恐ろしくて、重くて、切なくて、けれど透明に輝く――所有しているだけで心がざわざわとざわめく、宝石のようなね。一生、こ

こに、守ってゆくつもりよ」

と、両手を胸にあてる。

「そうか」

是光は、おだやかな声でつぶやいた。

藤乃はミコトになにを語ったのか。

いつからヒカルへの愛を自覚し、苦しみ、それでも愛さずにいられなかったのか。

どんな気持ちで、ヒカルの父親に嫁《とつ》いだのか。

痛みも、絶望もあっただろう。嫉妬《しっと》や、裏切《うらぎ》りもあっただろう。

けど、きっとそれは、ミコトが聡明な眼差《まなざ》しで断言したように、宝石のように輝くものだったのだろう。

◇　◇　◇

その数日後。昼休みに学園の屋上《おくじょう》で、葵《あおい》に告白された。

「季節を選ぶべきでした」

葵はコートも羽織《はお》らず制服のまま自分の体を抱きしめるようにして、震《ふる》えながら是光を待っていた。

　空は真っ青で、風はないが、その分空気がひんやりしている。葵の唇も紫色になっていて、頬は赤かった。是光も授業が終わってすぐに来たつもりだったが、葵はどれだけここで待っていたのだろう。

「中に入るか」

　と尋ねると、

「いいえ、ここでよいです」

　ちょっぴり頑固《がんこ》な表情で答えた。

「屋上でと、一ヶ月前から決めていました」

　と力を込めて言う。

　そうして両手をおろし、すっと背筋を伸ばすと、黒目がちの大きな瞳で是光を見上げて言った。

「赤城《あかぎ》くんが好きです。わたしと、おつきあいしてください」

　是光は、深々と頭を下げた。

「悪い。俺、もう彼女いるから」

　葵は二秒ほどして、

「わかりました」

と、あたたかな声で答えた。

「はっきりお返事してくださって、ありがとうございます」

是光と同じように深々と丁寧《ていねい》に頭を下げたあと、目を伏せて、少しだけ切なそうにつぶやいた。

「……赤城くん、もしわたしが、ヒカルの婚約者でなかったら、わたしを彼女にしてくださいましたか？」

「今は式部がいるからねーよ。それに、葵がヒカルの婚約者じゃなかったら、俺は葵とこんな風に話をすることなんて一生なかったと思うぜ」

「そうですね。なかったですね」

葵の顔に、澄んだ微笑みが浮かぶ。

「だから、ヒカルの友達が赤城くんで、よかったです。赤城くんのおかげでヒカルの気持ちを知ることができたし、また恋ができることもわかったのですから。失恋してしまいましたけど、これからも赤城くんのことが好きです。ヒカルのことをずっと好きでいるように。赤城くんのことも好きでいます。そして、そんな風に想える人を、また好きになります」

晴れやかな明るい眼差しに、胸がいっぱいになった。

是光の後ろで見守っているヒカルも、きっと是光と同じ気持ちだろう。

前向きな葵を見て、嬉しそうに笑っているだろう。

是光も、葵と過ごした時間を、あざやかに思い出す。廊下《ろうか》で会うと、はにかみながら挨《あい》拶《さつ》してくれるようになって、照れくさかったこと。是光が母親に会って混乱して泣いていたときは、優しく手を握ってくれた。屋上で激しい衝動《しょうどう》にかられて、抱きしめそうになったこともあった。

女が可愛《かわい》いものだと教えてくれたのが、葵だった。

本当に、ヒカルにも自分にももったいないくらい、いい女で、可愛い女だから——聖地に咲く真っ白なタチアオイみたいに、人を優しい気持ちにさせる女だから、いつかきっと最高の恋をするだろう。

「おう、頑張《がんば》れ」

是光のエールに、葵はとびきりの笑顔で答えた。

「任せてください！」


（フラレちゃいました……）

◇　　◇　　◇

是光が去ったあと、葵は寒さも忘れて、しばらく空を見上げていた。

雲一つない晴れ渡った空がぼやけ、右の頰と左の頰を、それぞれ涙が一筋ずつ、こぼれ落ちてゆく。

（赤城くんはヒカルと違って、一人の女の人に決めたら、その人以外に絶対に傾《かたむ》いたりしないって、わかってたんです）

だから哀《かな》しいけれど、これで次に進めるから、よかったのだ。

葵は涙をぬぐうと、是光が去ったドアのほうへ声をかけた。

「そこにいるのは、わかってるんですよ、朝《あさ》ちゃん」

細く開いていたドアが、大きく開き、コートを着込んだ朝衣《あさい》がむっつりした顔で現れる。

「コートを持ってきてあげたのよ」

と素《そ》っ気《け》ない声で言い、手にしていたコートを、葵の肩からかけた。

ふわりとしたぬくもりが、すっかり冷え切っていた葵の体を包む。合わせ目を前にかきよせ、

「ふふ、あたたかいです」

と、ほっこりと笑う。

「朝ちゃん、わたし、失恋してしまいました」

「……」

「すごく、さっぱりしました。朝ちゃんも、赤城くんに告白してきたらどうですか？」

葵の隣《となり》に黙って立っていた朝衣が一瞬目をむき、すぐに眉根《まゆね》を寄せて、しかめっ面になる。

「わたしは、安易《あんい》に恋愛に走ったりしないわ。だいたい彼女持ちの男を好きになるなんて、不毛だわ」

葵がどういうつもりで赤城是光の名前なんか出したのか、わからないと言いたげに、ふんっ、と冷たく鼻を鳴らし、そっぽを向く。

そんな朝衣を見て、葵はあたたかなコートに首を埋め、少しだけ幸せな気持ちで微笑んだのだった。

「仕方のない人ですね。朝ちゃんが失恋したら、わたしが慰《なぐさ》めてあげます」

◇　◇　◇

（今年は、イブもクリスマスも、絶対に是光お兄ちゃんと過ごすんだから。式部さんと二人きりになんかさせないんだからっ）

そんな決意を込めて、紫織子は赤城家の玄関で、子供用のブーツの靴紐《くつひも》をぎゅーぎゅー結んでいた。

是光が帆夏とつきあいはじめたと知ったときは、おやつのバウムクーヘンが喉《のど》を通らないほど、ショックだった。

是光は帆夏のことを異性としては意識していないように見えたのに、いつの間に！

しかも、つきあいはじめたとたん、そわそわと携帯を確認したり、紫織子が帆夏の名前を口にしただけで、頬を赤らめたりするようになった。

なにあれ！　なんで式部さんなんかにデレてるのーっ！　と、紫織子は不満でいっぱいだった。

こるりの代わりに赤城家へやってきたカメレオンは、紫織子が愚痴《ぐち》をこぼしても、無表情に舌を出し入れしているだけで、余計にむかついてしまう。

（負けないもんっ。勝負はこれからなんだから。あと四年もしたら、式部さんなんて問題にならないくらい美人になってるんだから）

とりあえず今日は、頭条《とうじょう》の家へ行くことになっている。そこで、こるりが産んだ可愛い子猫たちを撫《な》でて、心を癒《いや》そう。

こるりを奪《うば》った頭条への恨《うら》みは消えていない。

が、紫織子がこるりや子猫たちに会いにゆくと、動物の形をした手作りのクッキーや、クリームがたっぷりかかったパンケーキや、自家製アイスクリームを添《そ》えたアップルパイなどをテーブルからはみ出そうなほどに並べて、紫織子の機嫌《きげん》をとろうとする。

決しておやつに懐柔《かいじゅう》されたわけではないが、この頃は最初の印象ほど嫌なやつではないと思っている。紫織子が出されたものを全部たいらげると、端整《たんせい》な顔を少しだけゆるめ、やけに嬉しそうな顔をしてみせる。

（もしかしたらロリコンかもしれないわ。おやつはいただくけど、気は許さないようにしなきゃ。あたしには是光お兄ちゃんがいるんだから）

紐を結び終えて外へ出たとき、門の前に立っていた同じ年頃の男の子と、ちょうど目が合った。

（あっ、この子！）

前にも家の中をのぞいていて、紫織子がほうきで叩《たた》いてやった子だ。あのとき小晴が『やめな、しーこ』と止めに入って、男の子は逃げてしまった。

小晴は男の子のことを『知らない子だ』と言っていたけれど、小晴の様子や、是光や正風《まさかぜ》が歯切れの悪い口調でぼかした話を繋《つな》ぎあわせて、勘《かん》のいい紫織子はわかってしまった。

この男の子は、小晴の子供なのだ。

小晴が離婚したとき、まだ赤ん坊で、子供はあちらの実家に引き取られ、小晴は一度も会っていないという。

（けど、きっと小晴さんも会いたかったはずよ。そういう顔、してたもの）

あのあと、台所で食事の支度《したく》をしている間中、小晴はぼんやりしていた。あの子のことを考えていたのだろう。

男の子はまた紫織子に、ほうきでしばかれると思ったのか、紫織子を警戒《けいかい》するように睨《にら》んだまま、じりじり後退する。そんな相手を、紫織子もじーっと睨みつけ、

「……入ればっ」

親指で門のほうをしめし、つっけんどんに言った。

◇　◇　◇

「もうすぐイブやね。お兄さんは、イブは誰と過ごすの？」

紫織子から今日は行けなくなったとメールが来たあと、俊吾《しゅんご》はひいなとファミレスで、お茶を飲んでいた。ひいなの携帯に電話し、今から会えないかと尋ねたら、ファミレスがいいと答えたのだった。

先に来ていたひいなは、「家族連れがいっぱいやねぇ」とはしゃいでいて、言葉遣《ことばづか》いも、出身地を隠すための早口の丁寧語から、本来のおっとりした方言に戻っている。

それを咎《とが》めることもなく、

「イブは特に予定はない」

と事務的に答え、そのままの無愛想《ぶあいそう》な顔と口調で、テーブルに一枚の紙を置いて、ひいなのほうへ押し出した。

「折りを見て渡すつもりでいたんだが、たまたま時間が空いたので、早くすませたほうがよいだろうと思って」

ひいなの顔が曇《くも》ったのは、手切れ金の小切手でも出されたのかと誤解したからだろう。やがて、その顔に驚《おどろ》きが広がり、目に涙がたまってゆく。

書類を両手でつかみ、記載《きさい》されている内容を何度も確認し、指と肩を震わせ、顔をくしゃりとゆがめて、ひいなは泣き出した。

「お兄さん……これ、戸籍抄本《こせきしょうほん》やね……。うちの名前が書いてあるやん。うち、認知してもらえたん？　お兄さんが、頼んでくれたん？」

「……」

息子を半人前のひよっこ扱いしている父に、ひいなの件を切り出すのも、認知の承諾《しょうだく》を得るのも、かなりの覚悟と戦略が必要だった。いくつかの胃が縮《ちぢ》むような駆け引きのあと、ひいなを娘として認知するという確約を父から取り付けたときは、自分もまたわずかだが認めてもらえたような気がして、体の芯《しん》が震えた。

「頭条の娘とは公表できないが……これまで以上に援助《えんじょ》はするつもりだ」

「ええよ。じゅうぶんや。お兄さんが、滋賀《しが》までうちを迎えに来てくれたときと同じくらい、幸せや」

——あんたが、うちのお兄さんなん？　うちに家族がおったの？

滋賀の田舎《いなか》の養護施設《ようごしせつ》で初めてひいなに面会したときも、ひいなは驚きでいっぱいの目で俊吾を見上げ、そのあと顔中で笑ったのだ。

嬉しい。

生まれてきてよかったと。

家族のためなら、うちはなんでもすると。

ひいなを認知させたのは、決して日陰の妹を不憫《ふびん》に思ってのことだけではなかったし、ひいなが皆の前で俊吾を「お兄さん」と呼ぶことができないのも、変わらない。

それでも、ひいなは、じゅうぶんだと嬉しそうに泣いているし、俊吾も、自分と彼女は確かに血の繋がった家族なのだと思った。

「ひいなは、イブの予定はあるのか？」

はじめて俊吾は妹を「ひいな」と名前で呼んだ。

ひいながますます顔をくしゃくしゃにして、

「ないよ」

とうるんだ声で答える。

「ならば、その日は一緒に過ごそう。クリスマスは本来家族で祝うものだからな……」

もう声が出ないのか、ひいなは唇を震わせ、何度もうなずいた。

◇　◇　◇

クリスマスの三日前は、終業式だった。

退院以来、みちるは、やわらかな口調と毒舌とも言える明瞭《めいりょう》さで、クラスメイトたちに自分の意見を伝えるようになり、級長としてクラスをびしびし仕切っている。

帆夏と時々口喧嘩《くちげんか》をしながら、それなりに仲良くやっているらしく、明日の二十三日は、二人で遊園地へ行って遊び倒すのだという。

「イブは赤城と……デートだから、ちゃんと空けてあるよ」

と帆夏に恥ずかしそうにささやかれて、そのときに手の先のほうをちょっと握られて、是光はドキドキして、顔が熱くなった。

月夜子《つやこ》は年末から年始にかけて、海外で踊《おど》りの公演があるという。マスコミにかなり

注目されているらしく、

「あれが日本の紅《くれない》の枝垂《しだ》れ桜だって褒《ほ》め称《たた》えられるように、頑張ってくるわ」

と、朗《ほが》らかに宣言した。

きっと月夜子のあでやかさと美しさと、紅の花びらが飛び散るような優雅な舞いは、世界中の人々を魅了《みりょう》するだろう。


終業式が終わって、帰宅の途中《とちゅう》。

「赤城くん！　乗ってかない？」

と眼鏡《めがね》をかけた、おっとりした顔立ちの青年が、水色の小型車の運転席から顔を出して、微笑んだ。

「げっ、一朱《かずあき》」

「遠慮《えんりょ》しないで。ついでにドライブとかしない？　なんなら空港まで行って、そのまま自家用機でハワイの別荘へ行って、冬休みいっぱいバカンスするとか。それとも船で地中海辺り巡ってみる？」

「いや、遠慮しとくぜ。クリスマスも正月も、家族と過ごすのが家訓だ」

一朱の場合、下手《へた》に車になんぞ乗ったら、本当に海外へ拉致《らち》られそうで怖い。

「そう？　残念だなぁ」

一朱が眉を下げ、車のエンジンを止める。

「じゃあ、ちょっと話をしようよ。ぼくの母のこと……」

土手《どて》の端に車を停車させ、それに寄りかかりながら、ヒカルの父の前妻だった弘華《ひろか》について、静かな口調で語りはじめた。

「母は、生まれたときから、あんな強烈な性格だったわけじゃない。あれでも子供の頃は初恋の人に『大好きです。早くおおきくなって、あなたのお嫁さんになりたいです』なんて、ピンクの便せんにマセた手紙を書いて、わざわざ相手の家のポストに入れにいったりして、可愛かったらしいよ。けど、初恋の人の運命の相手は、母じゃなくて別の女の人だったんだ」

「それって……もしかしてヒカルの……」

「そう、母の初恋の人はぼくらの父で、彼が心から愛した唯一の女性は、ヒカルの母親だった。家同士の約束事で、母は父の本妻になることはできたけど、父はヒカルの母親を死ぬまで愛し続けて子供まで産ませた。それで母は、嫉妬で荒れ狂っちゃったんだ」

別荘で会った弘華のことを思い出す。

年齢より若く見える、月夜子によく似た顔立ちの、真っ赤な薔薇《ばら》のような長身の美女。

火のような勢いで藤乃に罵声《ばせい》を浴びせ、手にしていた封書を藤乃の顔に叩きつけて出て行った、激しい女性――。

あの封書は、ヒカルの父の気持ちを綴《つづ》った遺言《ゆいごん》状《じょう》だった。

それを弘華は、わざわざ藤乃に届けに来たのだ。子供の頃、初恋の相手に書いた手紙を、自分の足で相手の家のポストまで届けに行ったように。

「母は今でも父を愛しているんだよ。子供のときと同じ気持ちのままでねぇ」

一朱が憂鬱《ゆううつ》そうにつぶやく。

「だから、藤乃さんが産んだ子が父の子で、一番ホッとしたのは母なんじゃないかなぁ。DNA鑑定《かんてい》の結果を聞いたとき、母が自分の部屋の床にしゃがみ込んで、聖書を両手で胸に抱きしめて、『神様、感謝します』って涙声でお礼を言っているの、見ちゃってさぁぁ」

一朱が眼鏡のブリッジを、また憂鬱そうに指で持ち上げる。

是光も胸がひりっとするほど切ない気持ちになった。

別荘に乗り込んできたときも、弘華は何故《なぜ》夫が危篤《きとく》なのに戻らないのかと、藤乃を責めていた。

自分ではヒカルの父の最愛だった桐世《きりよ》の代わりにすらなれないことを知っていて、藤乃にヒカルの父のそばにいてほしかったのかもしれない。

「母のこと苦手だし、おっかないし、あっちもぼくのことなんて、父を繋ぎ止めるための道具としか思ってないだろうけどぉぉ。それでも、あんなしおらしい面を見せられちゃうと、胸がもやもやして、友達に愚痴りにきたってわけだよぉ。以上っ。ぼくは一人淋《さび》しくバカンス先でリフレッシュしてくるよ」

最後のほうは早口でまとめて、眼鏡を直すふりをしてうつむいた。

母親でもただの女なのだと、是光も、自分の母のことを思い返しながら思った。矛盾《むじゅん》をはらんだ女という存在が、以前は苦手だった。けど今は不思議《ふしぎ》と許せる気がして……。

一朱も、半ば許しているのだろうと思いながら、

「……バカンス、つきあってやれなくて、悪かったな」

ぼそりとつぶやくと、

「いいよ。春のチューリップは、しっかりつきあってもらうから」

そう言って車に乗り込み、また窓から顔を出して、最後に、

「ぼくは、ヒカルの子が生まれてこなくて哀しかったけどね」

と淋しそうにつぶやいて、去っていった。

振り返ると、ヒカルも切なそうな顔をしていた。

「弘華さんは、本当は自分が父のそばに、ずっといたかったんだね……」

と、ささやいた。

是光も暗い顔になりかけたが、

「行くぞ。しーこのプレゼントを買いに行かなきゃな。それと式部のプレゼントを選ぶ

のもつきあってくれねーか。おまえがいねーと、女の喜びそーなもんとか、てんでわかんねーから」

ぶっきらぼうに言って歩き出す是光の隣を、ヒカルも小さな笑みを浮かべて、ついてくる。

「うん。しーこや式部さんが喜んでくれるように、とびきりのプレゼントを、二人で選ぼうね」

ヒカルの声はもう明るかったし、瞳も澄んでいたが、是光はなんだか胸がざわめいた。

「クリスマスまであと三日か。まだ先かと思っていたけど、あっという間だったね」

「そうだな……」

「ツリーの飾り付けは終わったし、ケーキも七面鳥も予約したし、プレゼントは今日買いに行くし。準備万端だ」

何故、ヒカルの声を聞いていて、こんなに淋しい気持ちにならなければいけないのだろう。

ヒカルは楽しそうに話しているのに。

クリスマスが近いからか？

（クリスマスが終わったら、こいつは……）

胸がぎゅっとしめつけられたとき、ヒカルが晴れやかな表情で言った。

「ねぇ、是光。明日一日、ぼくにつきあってくれる？」

◇　◇　◇

クリスマスの二日前。

二十三日の朝の空は、すっきりとした青空だった。

午後から雪が降り、一足早いホワイトクリスマスになるかもしれないと、テレビで気象予報士が話している。

是光が早起きして向かった先は、いつかヒカルと訪れた教会だった。

ミサを終えたあと、ボランティアで教会の手伝いをしている空を見つけて、

「よぉ」

と声をかけると、空はぱっと顔を輝かせた。

「赤城くん！　久しぶり！」

髪が短くなっていて、以前より明るく綺麗になったようだった。なにより表情が生き生きとしていて、

「来年、イタリアへ留学《りゅうがく》するの。神学の勉強をしながら、教会や美術館を見て歩くのよ！赤城くんにも絵葉書を送るわね」

と、待ち遠しくてたまらなそうに話していた。

ヒカルは是光の隣で嬉しそうに空の言葉に耳を傾けていて、別れ際、

「さよなら、空」

と、あたたかな声でささやいた。


そのあと、葵のバイト先の喫茶店《きっさてん》へ向かう。

葵は今日はお休みだったが、長い黒髪が美しい少女が先に来ていて、おしぼりで鼻の頭を押さえていた。

「悪《わり》ぃ、待たせたか、ベニ」

「ううん……す、少し、早くついちゃったの。それで、外が寒くて急にあたたかいお店に入ったから、鼻がほてっちゃって」

ベニが恥ずかしそうに赤くなる。

「気にすんな。ベニの赤く染まった鼻はキュートだ」

「う、うん……。赤城くん、彼女いるのに、そういうこと言ったらダメだよー。誤解されちゃうから。でも、ありがとう」

最初の頃は上擦《うわず》りまくりだったベニは、だいぶ是光と普通に話せるようになっていた。

是光は「気をつける」と、こめかみをかいた。

ヒカルの女性への賞賛っぷりに慣れてしまうと、つい感覚が麻痺《まひ》してしまう。帆夏をまたテンパらせたくない。

ベニに近況を尋ねると、個性的な鼻をますます赤くして、

「イブに太輔《たゆう》さんが、と、泊まりに来るの。翌日、クラスの子たちが来て、みんなでクリスマスパーティーをするから、その準備を手伝ってくれるのよ」

と嬉しそうに答える。

「サフランだけじゃなくて、他にも友達ができたんだな」

「うん。太輔さんのおかげ。それから、赤城くんとポーラスターくんの」

ベニはそのあとも、パーティーの出し物のことなどを楽しそうに語り、明日の用意があるからと席を立った。

そんなベニを、是光の隣の席から優しい眼差しで見つめていたヒカルが、

「さよなら、サフルールさん」

と眼差しと同じくらい、あたたかい声で言った。

「次は、誰のとこへ行く？」

是光が尋ねると、爽《さわ》やかな笑顔で答えた。

「朝顔姫のところへ」

「まぁ赤城くん。よく来てくれたわねぇ」

高い塀《へい》が連《つら》なる五ノ宮邸《ごのみやてい》の主《あるじ》で、朝顔姫と呼ばれ崇敬《すうけい》の念を集めている五ノ宮織女《おりめ》は、品良く皺《しわ》が刻まれた顔をゆるめて、是光を歓迎《かんげい》した。

ちょうど昼時だったので、縁側《えんがわ》に面した客間で食事をご馳走《ちそう》になる。鮭《さけ》の粕《かす》漬けを香ばしく焼いたものや、蕪《かぶ》やキュウリの漬け物や、ダシを染みこませ柚《ゆず》の香りのする味噌《みそ》だれをかけたふろふき大根に、貝のすまし汁といったさっぱりしたメニューを、織女も是光と一緒に、美味《おい》しそうに食べていた。

「夏に、ひ孫が生まれるのよ」

「え、そうなのか？　あの孫夫婦に子供ができたのか」

「ええ。この頃は親になるという自覚が少しは出てきたみたいで。わたしが教えたことも、守ろうとするようになったのよ。たまにまたズルをしたり、なまけたりするけれど、厳《きび》しく鍛《きた》えてゆくつもりよ。わたしの人生は、まだまだ途上《とじょう》ですからねぇ」

そんな風に微笑んでみせる織女を、ヒカルもおだやかな目で見つめている。

食事を終えた頃、織女が楽しそうに、

「このあと、朝衣さんが来るのよ」

と言った。

(げ、斎賀《さいが》が！)

帆夏とつきあいはじめてから、何故か朝衣は是光に以前のような冷ややかな態度をとるようになり、是光は弱っていた。

「ばあさん、俺はそろそろ」

立ち上がろうとする是光を、ヒカルが止める。

「待って、是光。朝ちゃんに会って行こう。どのみち、このあと朝ちゃんのところへ行く予定だったんだから」

(って、マジかよ)

浮かしかけた腰を、是光はどしんと落とした。

「いや、やっぱりもうちょっといる」

やがて朝衣が現れた。

是光を見て顔をこわばらせ、冷ややかに眉をつり上げる。

(そら見ろ、なんか知らねーが、また怒ってるじゃねーか)

朝衣はそのあともずっとそんな顔で、是光とほとんど口をきかなかった。

なのに朝衣と一緒に屋敷《やしき》を出るとき、織女に、

「朝衣さんと仲良くしてあげてね」

と耳打ちされた。

微笑で見送る織女のほうを振り返って、ヒカルは、

「さよなら、織女さん」

と、ささやいた。

閑静《かんせい》な住宅地を、ひんやりと眉根を寄せ唇を閉じている朝衣と、並んで歩く。

朝衣が悪いやつではないことは、もう知っている。けど、この冷たい態度はどうにかならないものか。これでは『仲良く』などできないと、是光が思案《しあん》したとき。

朝衣が口を開いた。

「赤城くん、わたし、きみに話が」

前を見たまま硬い声で言いにくそうにつぶやき、次の瞬間。

「いいえ、やっぱりまだいいわ」

と、鋭い口調で言い、唖然《あぜん》とする是光に赤い顔で、

「まだ準備が五割程度で完璧ではなくて──。っっ、そう簡単に葵に慰められてたまるものですか」

とわけのわからないことを悔《くや》しそうに言って、

「きみも冬休みに入ったからといって、彼女とハメをはずして遊びすぎてはダメよ、赤

城くん」

と是光を睨み、顔をそむけて歩いていってしまった。

「なんだあれ……」

啞然としたままの是光の隣で、ヒカルが淡く微笑みながらつぶやいた。

「さよなら、朝ちゃん。いつか素直に気持ちを伝えられるといいね」

隣を見た是光は、ヒカルの姿が普段より薄く見えて、ドキッとした。光の反射のせいだろうか。輪郭《りんかく》がぼやけている。

「ヒカル……おまえ、なんだか」

（体が、薄くなっている？　いつからだ？）

十二月に入った頃から、ヒカルの存在感が前より減っていることは、是光も感じていた。

以前は是光が誰と話していても、前へ出てきて突っ込みを入れたり、不満もどんどん口にしていたのに、この頃は是光の後ろにひっそりと控《ひか》えていることが多くなった。

二人でいるときは陽気に花の蘊蓄を語っていたので、気にしないようにしていたのだ。

是光に彼女ができたので、遠慮しているのだろうと。

けど。

明るい午後の日射しの下、ヒカルは口元に綺麗な笑みをにじませ、澄んだ眼差しで是光を見つめている。

是光は言葉をのみこんだ。確認したら、聞きたくない言葉を聞いてしまいそうで。

ヒカルがおだやかな声で言った。

「学校へ行かない？　是光。——花を、見たいんだ」

◇　◇　◇

冬休みに入ったばかりの学園は、人の姿もなく静かだった。

正門の両脇に植えられた桜の木に芽が出るのもだいぶ先で、今は茶色の枝が淋しそうに寒さに耐えている。校庭の横の薔薇のアーチもその奥の薔薇園も、彩りがなくひっそりしている。

木は裸の枝を広げ、花壇《かだん》に敷《し》き詰《つ》められた土からも、まだなんの芽も伸びていない。花など咲いていないはずの閑散とした風景をゆっくりと歩きながら、ヒカルはまるでこれから咲く花が見えているかのような、愛おしそうな優しい眼差しで、周りを見つめている。

「桜の花はつぼみがふくらむ頃に、幹が淡いピンク色に染まるんだって……。恋をはじめようとする女の子みたいだね。三月の終わりにはきっと枝一杯に花を咲かせて、たくさんの旅立ちや、新しい生活のスタートを応援《おうえん》するんだろうねぇ。

五月になれば、薔薇園は高慢《こうまん》な女王様たちで、いっぱいになるね。どの花も自分こそが一番の美人だって主張して、頭を凛《りん》と上げて、赤や黄色やオレンジのあでやかな花びらを広げるんだ。花壇もパンジーやマリーゴールドや、ストロベリートーチでいっぱいになるね。テニスコートの脇の柵にも、クレマチスが満開だよ」

ふくよかな甘い声で、嬉しそうに、楽しそうに語るヒカルの姿は、少しずつぼやけてゆく。薄茶色の髪が白っぽくかすみ、肩や手足の輪郭が、ますます曖昧《あいまい》になる。

ヒカルも気づいているはずだ。

けど、自分の体に起きている変化について、なにも言わずに、あたたかな微笑みを浮かべて、空っぽの花壇や、ごつごつした黒い木の枝を、嬉しくてわくわくしてたまらないというように見つめ、語り続けている。

校舎に沿って歩いて、裏庭へ出て、そこから中庭へ。

「六月になれば、足元に、白とオレンジの可愛らしいヒメヒオウギが咲くね。おしゃべりしている女の子みたいで、可愛いんだ！　夏にはたおやかな百合の花が咲いて、池に睡蓮の花が浮かぶね。凌霄花《のうぜんかずら》も色っぽくて綺麗だろうねぇ」

晴れていた空に、いつの間にか雲が広がり、空気も白くかすんでゆく。それに同化するように、ヒカルの体も薄くなってゆく。

（ヒカル、おまえ、へらへら花の話なんかしてる場合なのかよ。おまえの体、絶対、ヘンだぞ）

喉をしめつけられているみたいに、呼吸が苦しい。

是光が気づかないふりをしていることに、ヒカルもきっと気づいている。

「秋には金木犀《きんもくせい》の甘い香りがただよって、感じやすい乙女のようなコスモスが風に揺れるんだよ。そしてね、冬にも咲く花はあるよ、是光。ほら」

赤い椿の花を、ヒカルが顔中をほころばせて指さす。

「毎年冬に、この古風な花に再会すると、嬉しくなっちゃうんだ」

空はますます灰色に曇り、空気も冷え冷えとしてゆく。そうして、ヒカルも薄くなってゆく。

薄茶色の髪は、ほとんど透明だ。

ヒカルは椿の前にしゃがみ込んで、頬杖をついてしばらく、にこにこしながら眺《なが》めたあと、

「是光、月夜子が部室にいるはずだから、挨拶にゆこう」

覚悟を決めている人の、おだやかな瞳で言った。

日舞研究会の部室で、あでやかな薄紅の着物に赤い帯をしめて踊りの稽古《けいこ》をしていた

月夜子は、目を見張った。

「赤城くん、どうしたの？　暗い顔で。もしかしたら恋の悩み？　式部さんと喧嘩でもした？」

「……いや、センパイが出発する前に、もう一度頑張れって言いたくて」

大きな舞台《ぶたい》を控えた月夜子を、心配させるわけにはいかない。そんなこと、是光の隣で、ますます存在が薄くなってきたヒカルが、望むはずがない。

ヒカルは目を細め、まぶしそうな眼差しで月夜子を見つめている。

月夜子が朗らかに笑う。

「ありがとう。本当は少し緊張《きんちょう》していたの。だから、ヒカルの代わりにおまじないをしてくれる？　それとも彼女に怒られちゃうかしら？」

月夜子が薄紅色の袖を優雅《ゆうが》に揺らし、右手を差し出す。

「今日は……特別だから」

月夜子の手をとって、なめらかな手の平に、大きな満月を描《えが》く。

月夜子は小さく口元をほころばせて、

「ありがとう。これで立派《りっぱ》に踊れるわ。ヒカルもきっと見ていてくれる。そうね、空の上から……」

感謝のこもる口調でつぶやいた。

その感謝は、是光だけではなく、ヒカルにも向けられているように思えた。

ヒカルが月夜子の唇に顔を寄せてキスをし、ささやく。

「さよなら、月夜子。いつまでも誇らかに踊り続けて。星の海の中から誰よりも真っ先に、きみに拍手を送るよ」


校舎の外へ出ると、空はさらに曇り、冷気も増していた。

天気予報では、夜に雪が降るかもしれないと言っていた。

ヒカルの体はいよいよ薄くなり、足はほとんど透明で、幽霊らしく見える。

「あまり時間がないみたいだ。是光、夕雨に電話してくれないか。さすがにオーストラリアまでは行けそうにないや」

校門へ向かって歩きながら、ヒカルがおどけて言う。

是光もまた胃がひりつくような焦りをこらえながら、携帯を出し、夕雨に国際電話をかけた。

電話はすぐに繋がり、儚《はかな》げな小さな声が聞こえた。

「赤城くん……？　びっくりした……わ」

「急に……思い出したから。元気にしてるか」

月夜子のときと同じように、頑張って明るい声を出す。ヒカルが明るく微笑んでいるから。

夕雨は是光が電話をかけてきたことに戸惑《とまど》っているようだったが、すぐに晴れやかな声で、

「ええ……。クリスマスのツリーの飾り付けをしていたところ……よ。こっちは夏のクリスマスだから、お魚のオーナメントがいっぱいあって、可愛いの」

と話した。

ヒカルは澄んだ目で微笑みながら、スピーカーからこぼれる夕雨の儚く優しい声に、透明になった耳をすませていた。

「さよなら……夕雨」


夕雨と話していたのは三分ほどだった。薄暗くなってきた土手道を歩きながら、ヒカルの願いで、今度はみちるに電話をする。

みちるもまた意外そうな声を出した。

「ええっ？　赤城くん？　なんで？　ひょっとして浮気？　今、ほのちゃん隣にいるから、言っちゃおう。あのねー、ほのちゃん、赤城くんが、ほのちゃんに内緒《ないしょ》でデートしようって」

スピーカーの向こうから、帆夏の悲鳴やら、動揺《どうよう》している声やらが聞こえてくる。そ

んな帆夏を楽しそうにからかうみちるの声や、それに言い返す声も。

仲の良い友達同士、じゃれあっているようだった。ヒカルもそう思ったのだろう。微笑ましそうに聞いている。

あとで、うろたえまくりの帆夏に、電話のことを間違いなく追及されるだろうが……。

「さよなら、花里さん。式部さんも……是光のことよろしくね」

ヒカルが清々《すがすが》しい顔で言った。


そのあと、紫織子にも電話をした。

「あー、しーこ、あと少し遅くなるから、夕飯は先に食っててくれって、小晴に伝えてくれ」

「えー、是光お兄ちゃん、なにしてるの？　もしかして式部さんと一緒じゃないよね」

「式部は今日は友達と出かけてる」

「ふぅん……」

不満そうな声を上げたあと、急に嬉しげに、

「あっ、是光お兄ちゃんへのクリスマスプレゼント、すっごく素敵なの見つけちゃったんだ。期待しててね」

「そうか。しーこのとこにも、きっとサンタクロースが来てくれるぞ」

「もぉっ、サンタさんなんか信じるほど、子供じゃないんだからっ。でも、プレゼントは楽しみにしてる」

そんなやりとりをする是光を、ヒカルは唇をほころばせ目を細めて見ていた。

「さよなら、しーこ。素敵なレディになってね」


真っ暗な空から雪がちらちらと降りはじめる中、最後に訪れたのは葵の家だった。

門の前から携帯で呼び出すと、裾《すそ》の長いワンピースにニットのカーディガンをかけた葵が、白い息を吐きながら出てきた。

「寒いのに悪いな。これ、渡したくて」

途中の花屋で購入したポインセチアの鉢《はち》を、葵の手に乗せる。葵の目が丸くなる。

あざやかな緑の葉の上に、さらにあざやかな赤い葉を花びらのように広げたポインセチアは、ギフト用の透明なセロファンで包み、金色のリボンをかけてある。

「毎年クリスマスに、ヒカルが贈《おく》ってただろ。だから今年だけ……」

葵が追憶《ついおく》と切なさが混ざり合ったようなあたたかな眼差しで、手の中のポインセチアを見おろす。

ヒカルのことを思い出しているのだろう。

そんな葵を、半透明になったヒカルも、切なくあたたかな目で見つめている。

もしヒカルが生きていたら、今年のイブは葵と過ごしていただろう。

ちらちらと舞う雪が、葵のまっすぐな黒髪に星の飾りのように散らばって、儚く消える。

葵の目が、少しうるむ。

けれどすぐに、顔を上げて微笑む。

「ありがとうございます。ヒカルからのクリスマスプレゼントだと思って、受け取っておきます」

「ああ、そうしてくれ」

ヒカルも微笑んでいる。

「赤城くん」

ポインセチアの鉢を抱きしめた葵が、澄んだ瞳で明るく言った。

「さようなら」

ヒカルが見えているわけではなく、ただ別れの挨拶をしただけなのだが、その言葉にドキッとして、

「あ、ああ」

と、つぶやく是光の隣で、もう後ろの景色が見えるほど透明になったヒカルが、うるんだ瞳で微笑んだ。

「さよなら、葵さん」

◇　◇　◇

葵の家をあとにし、二人で何駅も歩いた。

やがて、雪が舞う商店街にさしかかる。

サンタやトナカイのイルミネーションがきらめき、店のドアにも、クリスマスのリースが飾られていて、ジングルベルのメロディがシャンシャン……という鈴の音とともに流れている。

ヒカルは膝《ひざ》より下が完全に消えていて、顔も体も、海中をただようクラゲのように透きとおっている。動きも風に揺らされるように頼りない。

「地球を離れるときが、来たみたいだね」

人気《ひとけ》の途絶えた十字路で、透明なヒカルがひっそりとつぶやく。

ガラスの瓶《びん》の欠片《かけら》を埋め込んだアスファルトは、きらきら光り、そこに粉雪が舞い落ちてゆく。

「月からお迎えは来なかったけど、魂《たましい》がどんどん軽くなってゆく心地《ここち》がするよ」

「つっ、クリスマスまではいるんじゃなかったのかよ」

ここまでずっと押さえてきた感情が一度に喉に込み上げてきて、是光は顔をゆがめて呻《うめ》いた。

ベニや空たちに会いたいと言い出したときから、嫌な予感はしていた。ヒカルが彼女たちに優しい顔で「さよなら」とささやくたび、不安が増していって、体中がざわざわして、喉をしめつけられているみたいで。

なにも今日でなくてもいいではないか。クリスマスまであとたった二日なのに。明日はイブなのに。不意打ち過ぎだ。

ヒカルも淋しそうに微笑んだ。

「そうだね。ぼくもきみたちとクリスマスを祝いたかったよ。でも、きみとあれこれ計画を立てるだけでじゅうぶん楽しかったよ。しーこのプレゼントも一緒に選べたし。それに、彼女との最初のイブは、二人で過ごしてあげなきゃ。幽霊付きのイブなんて、式部さんがかわいそうだよ」

ヒカルがいるとキスもできないと困っていたはずなのに、是光は胸が裂《さ》けそうになり、涙まで込み上げてきた。

商店街のほうから、ジングルベルのメロディが、鈴の音とともに聞こえてくる。明るいメロディのはずなのに、もの悲しく耳に入り込んでくる。

「あと二日くらい、踏《ふ》ん張《ば》れよ……っ。しーこにも、電話じゃなくて、ちゃんと挨拶してけ」

熱くなってゆく喉から、必死に声を絞《しぼ》り出《だ》して、訴える。

けどヒカルはもう膝の上まで消えていて、

「しーこや花里《はなさと》さんに、直接会って挨拶できなかったのは残念だけど……けどもう、踏ん張る足もない」

「明るく言うな、バカっ」

やわらかに舞い散る雪が、是光の頬や唇を濡《ぬ》らし、ヒカルの体の上をちらちらと通りすぎてゆく。

空は真っ暗で、星も見えない。

代わりに、踏みしめた道路でガラスの破片が星のように光っている。その上にも雪が音もなく落ちてゆく。

「いままでありがとう」

ヒカルが、あたたかな声でささやいた。

「ぼくの花園の花たちは、ぼくが生きていたころよりも、もっと生き生きと咲いていたね。きみのおかげだよ、是光。きみが、ぼくの大事な花たちを、咲かせてくれたんだよ。きみが、彼女たちに大切なことを伝えてくれたから」

ぼやけてゆくヒカルの周りに、花園が広がるのが見えた。

清浄なタチアオイ、

儚げな夕顔、

可憐《かれん》な紫草、

艶《あで》やかな紅の枝垂れ桜、

謎《なぞ》めいたベニバナ、

凛とした朝顔、

優しい箒木《ははきぎ》、

ふわりと香る白い橘《たちばな》。

そして、薄紫の花房をあたたかな風に揺らしながら、ほろほろと花びらをまき散らす藤の花房が――。

その真ん中で、ヒカルが金色に透ける髪を、軽やかにそよがせて、微笑んでいる。

――優しいさよならをあげたいんだ。

是光に、そう言ったヒカル。

——彼女たちが泣いたり苦しんだりせず、晴れやかな気持ちで未来へ進めるように。とびきりのさよならを贈りたい。

しおれた花には水や愛情を、たっぷりあげなきゃいけないのだと。女の子は花なのだと真剣に語っていた。

ヒカルが愛した花たちは、みんな幸せそうに笑っていた。きっとこれからは自分の力で咲いてゆくだろう。ヒカルがくれた目に見えない大切なものを、心の中で輝かせながら。

「ありがとう、是光。きみは、ぼくのヒーローだったよ」

白い雪の中、ヒカルの姿がさらに霞《かす》み、遠ざかってゆく。

「出会ってくれて、ありがとう。友達になってくれて、ありがとう」

それは、是光の台詞《せりふ》だった。

周りから狂犬呼ばわりされて、子供の頃から一人も友達がいなかった是光に、近づいてきてくれた。

病室に、こぶしの花を届けてくれた。友達になってくれた。

一緒にいてくれた！　慰めてくれた！　励《はげ》ましてくれた！

（頼られるのも、愚痴をきいてもらうのも、はじめてだった。友達とダベりながら登下校するのも、一緒にバカやるのも——全部——はじめてだった）

あふれる涙で、喉がいっぱいになる。

是光のはじめての友達が、優しく微笑みながら消えてゆく。

地球からいなくなる。

ぼくが宇宙へ旅立つときは笑って見送ってほしいと、ヒカルは言った。

約束だよと。

（おまえは、そういう無茶を言うやつだった。こ、こんなときに、笑えるかっ！　ばかやろー！）

涙が、ぼたぼた頬に落ちてゆく。胸も喉も苦しくて痛い。

（けど、約束だからっ）

友達が、それを望んだから。

是光は目と口の端に精一杯気合いを入れて、笑った。

おまえと過ごした日々は、最高に楽しかったと！　たくさんの思い出をもらったと！

ずっと友達だと、伝えるために。

きっと、ちゃんと、笑えた。

是光が笑った瞬間、おだやかに微笑んでいたヒカルが急に眉根を寄せ、ぽろぽろ泣き出した。顔をくしゃくしゃにして、せっかくの美少年が台無しで、透明な雫《しずく》が、雪と一緒に落ちてゆく。

それでも、ふくよかな甘い声で言う。優しい声で言う。

「ありがとう、きみたちを、ずっと愛しているよ」

泣きながら笑う、是光。

笑いながら涙をぽろぽろこぼす、ヒカル。

その姿も完全に見えなくなって——。ジングルベルのメロディに、ふくよかな甘い声だけが重なった。

「ありがとう。さよなら」

エピローグ　ヒカルが地球にいたころ……

翌年、春――。

桜の花も散って、上着を着ていると汗ばむほどあたたかな日が続いている。

是光《これみつ》は高校二年生になった。

新しいクラスで友達もでき、昼休みはそいつらと弁当を食べながら、にぎやかに過ごしている。

みちるとまたクラスメイトになり、みちるは他の子たちから推薦《すいせん》されるのではなく、自分から立候補《りっこうほ》して級長になった。今年は生徒会選挙にも出馬するつもりなので、赤城《あかぎ》くん、応援《おうえん》演説をお願いね、と頼まれている。

帆夏《ほのか》とは別のクラスになってしまったが、放課後は日舞《にちぶ》研究会の部室で会い、下校も一緒で、休日にはデートをする。先週は是光が見たかったアクション映画を堪能《たんのう》したので、今日はこれから帆夏の希望でサスペンス調のラブストーリーを見に行く。

「どんでん返しがすごいみたいだから、きっと赤城も退屈《たいくつ》しないよ」

と、お互いの指と指をからめた恋人繋《つな》ぎで歩きながら、帆夏が明るい顔で言う。

帆夏は普段はおろしている髪《かみ》をポニーテールに結って、フリルのついた裾《すそ》の長いワンピースを着ている。スカートの下からも、レースがちらちらと見える。デートのときは、いつも可愛《かわい》い格好をしてくる。

「赤城が、ちゃんと褒《ほ》めてくれるから、気合いが入っちゃうんだよ」

と、嬉《うれ》しそうに笑っていた。

是光がデートのたびに毎回四苦八苦して帆夏の装《よそお》いにコメントするのは、今はいない友達が、『いいんじゃねーかが通用するのは一回きりだよ、女の子が頑張《がんば》ってお洒落《しゃれ》してきたら、きちんと褒めてあげなきゃ』と、うるさく言っていたからだった。

帆夏は教室であったことを、楽しそうににこにこ話している。

（こいつ、よく笑うようになったな……最初の頃は、眉をつり上げて俺のこと睨《にら》んでばっかりだったのに）

ヒカルが、笑い上戸《じょうご》の彼女を見つけてあげるよと言っていたのを思い出して、目と口元が自然とほころんだ。

すると、帆夏が是光を見上げて、はにかみながら、

「赤城は、この頃よく笑うね。赤城の笑い顔……優しくて、好き」

と、ささやいた。

っちゃうよ。

——その子と一緒にいるだけで、是光もうきうきして楽しくなって、つられてつい笑

ふくよかな甘い声が、耳の奥に響く。

喉《のど》にぐっと熱い塊《かたまり》が込み上げて、是光は両手で顔をおおって上を向いた。

「ちょ、どうしたの」

「ああ、なんでもねー。ちょっと幽霊のこと、思い出しただけだ」

「なにそれ」

帆夏が引いている声で言う。是光は涙を引っ込め、顔をおおっていた手で帆夏の頬《ほお》をわしわし撫《な》で、

「急ごう、映画はじまっちまうぞ」

と言って、歩き出した。

帆夏が、「あ、ごまかした！　てかファンデよれてない？　チークもっ」と慌《あわ》てる。

いつか、帆夏にヒカルの話をしよう。

俺に笑い上戸の花をくれた、大切な友達の話を。

そう、あいつが、この地球にいたころのことを。

——今度、赤城くんのクラスに教科書を借りにゆくよ。そのとき、きみに頼みたいことがあるんだ。

あとがき

こんにちは、野村美月《のむらみづき》です。

『ヒカルが地球にいたころ……』ようやく最終巻の〝藤壺〟まで辿《たど》り着《つ》くことができました。物語をはじめるとき、わたしはいつも最後をしっかり決めて、そこへ向かってちまちま書き進めてゆきます。

どうにか辿り着けますように、予定の巻数で出せますように、最後まで読んでくださったかたに満足していただけますようにと、書いている間いつもドキドキしているので、目的の場所に辿り着くことができたときは、ああ、よかったなーとホッとします。

『ヒカル』も皆様のおかげで、無事に物語を閉じることができました。

お手紙をくださったかたも、キャンペーンなどに応募してくださったかたも、発売日に購入してくださったかたも、本当にありがとうございます。ここまで『ヒカル』を読んで応援してくださったかた全員に感謝しております。

『ヒカル』の元ネタは『源氏物語』ですが、もうひとつはサン＝テグジュペリの『星の王子さま』です。実は〝笑い上戸《じょうご》の花〟が最大のヒントでした。王子さまは〝ぼく〟に笑い上戸の星をあげるのですよね。

ヒカルも是光《これみつ》に、笑い上戸の花を贈ってゆきました。

藤乃《ふじの》が産んだ子供の名前は〝カオル〟です。〝イズミ〟ではありません。

形があるものはなにも残さなかったけれど、目に見えないなにかを残して、さよならをする。

そんなお話になっていればいいなと思います。

来月五月三十日には新シリーズが発売になります。タイトルは、

『吸血鬼になったキミは永遠の愛をはじめる』

です。吸血鬼になってしまった男の子が演劇部に入部して、恋愛したり葛藤《かっとう》したり頑《がん》張《ば》ったりする、ちょっと切ない系のお話です。その翌月六月三十日には読み切りの、

『陸《りく》と千星《ちせ》～世界を配る少年と別荘の少女』

も発売されます。こちらもすんんごく書きたかったお話で、やっと形にすることができました。地味なお話ですが、私の原点的な大事なお話です。

『ヒカル』の最終巻を含む、この三冊をお買い上げいただいたかたにSSや設定イラストなどをプレゼントするキャンペーンが予定されているので、ぜひご応募ください。本当にちょこっとですが、是光と帆夏《ほのか》のイブのお話を書きたいなと考えているので。

それでは、来月、さ来月、どうかまたお会いできますように。

二〇一四年二月七日　野村美月

あと描き。
本当に そんなに経ったのだろうかと
1巻の おくづけを たしかめてしまった。
あっという間の3年でした。
描けて 良かったです。

「生きたいか……」
そう問いかけられ、
彼は人ではない生き物になってしまった。
永遠の愛をはじめる①
5月30日 発売!

常人を遥かに超える身体能力を得てしまった詩也は、
強豪校で練習に励んでいたバスケを辞め、転校した。

だがその先で、聖女のような先輩と出会い、告げられる。

「わたしと、おつきあいしてください」

連れて行かれた先は演劇部の部室で——!?

■ご意見、ご感想をお寄せください。
ファンレターの宛て先
〒102-8431 東京都千代田区三番町6-1 エンターブレイン ファミ通文庫編集部
野村美月先生 竹岡美穂先生

■ファミ通文庫の最新情報はこちらで。
FBonline http://www.enterbrain.co.jp/fb/

■本書の内容・不良交換についてのお問い合わせ。
エンターブレイン カスタマーサポート 0570-060-555
（受付時間 土日祝日を除く 12:00～17:00）
メールアドレス：support@ml.enterbrain.co.jp ※メールの場合は、商品名をご明記ください。

FBファミ通文庫

“藤《ふじ》壺《つぼ》”
ヒカルが地球《ちきゅう》にいたころ……⑩

の2
11-10
1324

2014年5月9日 初版発行

著　者 野村美月《のむらみづき》
発行人 青柳昌行
編集人 青柳昌行
発　行 株式会社KADOKAWA
〒102-8177 東京都千代田区富士見2-13-3
電話 03-3238-8521（営業） URL:http://www.kadokawa.co.jp/
企画・制作 エンターブレイン
〒102-8431 東京都千代田区三番町6-1
電話 0570-060-555（ナビダイヤル）
編　集 ファミ通文庫編集部
担　当 荒川友希子
デザイン 高橋秀宜（Tport DESIGN）
写植・製版 株式会社ワイズファクトリー
印　刷 凸版印刷株式会社

定価はカバーに表示してあります。

ISBN978-4-04-729599-5 C0193